彼女たちの部屋

レティシア・コロンバニ

Les victorieuses

Laetitia Colombani

齋藤可津子 訳

早川書房

彼女たちの部屋

LES VICTORIEUSES
by
Laetitia Colombani
Copyright © 2019 by
Éditions Grasset & Fasquelle
Translated by
Katsuko Saito
First published 2020 in Japan by
Hayakawa Publishing, Inc.
This book is published in Japan by
direct arrangement with
Les Éditions Grasset & Fasquelle.

装幀／早川書房デザイン室
装画／網中いづる

母へ
娘へ
会館《パレ》の女性たちへ

登場人物

【現代】

ソレーヌ：弁護士
アルテュール・サンクレール：ソレーヌの元クライアントの実業家
ジェレミー：ソレーヌの元恋人

レオナール：連帯の羽根《ペン》協会の責任者

◉女性会館の居住者

シンシア：いつも怒っていて、トラブルをよく起こす。親に棄《す》てられた
ヴィヴィアンヌ：「編み女」。夫のDVから逃れてきた
ラ・ルネ：「荷物女」。長年、路上生活をつづけていた
スヴェタナ：「セルビア女」。大量の紙類が詰まったカートを引いている
ビンタ：ギニアから幼い娘を連れて亡命。会館では、他のアフリカ出身の女性とともに「タタ」とも呼ばれている
スメヤ：ビンタの娘
イリス：家族に拒絶され家出をし、苦難ののち、会館へたどりついた

ファビオ：ズンバ講習のインストラクター
サルマ：会館の受付職員
ゾーラ：会館のベテラン職員

リリー：母の束縛を逃れ、路上生活を送っている女性

【1925年】

ブランシュ：救世軍の一員
アルバン：救世軍の一員。ブランシュの夫、相棒
ウィリアム・ブース：イギリスの牧師。救世軍の創立者
エヴァンジェリーヌ：ブースの末娘。ブランシュの親友

「女性が泣いているかぎり、わたしは戦う。
子供が凍え、腹をすかせているかぎり、わたしは戦う（……）。
街頭で身を売る娘がいるかぎり、わたしは戦う。
戦って、戦って、戦い抜く（……）」

ウィリアム・ブース

「確かなこと、それは死者の思い出が地面にしみついているのと同様に、死者もまたかつて生きていた場所に息づいているということだ」

シルヴァン・テッソン『かすかな震動』

地面が凍りついている。

うつ伏せの額を石につけ、両腕をのばし、十字になってそう思う。

いま、この場所を終《つい》の棲《す》み処《か》にした。

永遠の誓いを述べる。私は決めた。

この壁にかこまれて一生を送る。

よりよく世界にかかわるために身を引くことにした。

世界から遠く離れたまま中心にいる。

活気ある下町にいるよりも役立っていると感じている。

ときの流れがとまったこの修道院で、

目を閉じ、祈りを唱えている。

祈りを必要とする人のために、
人生に傷つき、蝕《むしば》まれ、
道端に打ち棄《す》てられた人のため、
凍え、腹をすかせた人のため、
夢も希望も失った人のため、
もはや何も持たない人のために、私は祈る。

石壁のなかで、
庭園や菜園で、
冬は凍《い》てつくチャペルで、
あたえられたこのちいさな部屋で、祈りを捧《ささ》げる。

この世をとおりすぎて行くあなた、
歌い踊りつづけなさい。
私はここに、沈黙と影のなかにいる。

そして祈る、
あなたが喧騒のなかで万が一、倒れても、
やさしく力づよい手が、
友好の手がさしのべられ、
あなたの手を取り立ちあがらせ
裁くことなく、
人生の大旋風へと送り返し、
あなたが踊りつづけられるように。

十九世紀、十字架の娘修道院、無名修道女

1

現代、パリ

すべてが一瞬だった。ソレーヌはアルテュール・サンクレールと法廷を出たところだった。裁判官の判決にもあの辛辣《しんらつ》な態度にも納得がいかないと言おうとしていた。その時間はなかった。

サンクレールは強化ガラスの手すりに駆け寄り、足をかけた。

飛び降りたのは、裁判所七階の吹き抜けに面した通路からだった。

永遠につづくかにみえた数秒間、からだは宙にあった。そして二十五メートル下へ墜落していった。

そのあとどうなったか、ソレーヌは憶えていない。さまざまなイメージが入り乱れ、スローモーションであらわれる。さすがに叫んだはず、そして気を失った。

目覚めたのは白い壁の部屋だった。

医師の宣告は燃え尽き症候群。はじめ、自分のことかクライアントのことか、わからなかった。それから話の糸がつながってきた。


アルテュール・サンクレールとは長いつき合いで、有力な実業家の彼は脱税の罪に問われていた。クライアントの生活は熟知していた。複数回の結婚と離婚、恋人たち、前妻と子供たちのために振り込む養育費、外国から持ち帰るプレゼント。サントゥ＝マクシムにある別荘にも、経営する企業の豪華なオフィスにも、パリ七区にある広壮なアパルトマンにも行ったことがあった。他人にできない相談も秘密も打ち明けられていた。ソレーヌは何か月もまえから周到に訴訟準備をすすめ、夜もバカンスも祝日もつぎ込んできた。彼女は優秀な弁護士、まじめで勤勉、完璧主義者。その敏腕ぶりは勤務する有名法律事務所で誰からも認められ、一目おかれていた。番狂わせの判決はある。それは誰でも知っている。だがソレーヌにとってこの判決は予想外だった。検察側の求刑どおり、懲役と数百万ユーロにおよぶ損害賠償の判決が下された。一生をかける償い。不名誉、世間の風あたり。サンクレールには耐えられなかった。

新築のパリ裁　判　所《パレ・ドゥ・ジュスティス》の巨大な吹き抜けに身を投げるほうがましだった。

こればかりは建築家らも想定していなかった。技術の粋を尽くした洗練された建築、「光とガラスの宮殿《パレ》」という構想のもと、あらゆるテロ攻撃に耐えうる堅固なファサードが採用され、出入口にはセキュリティ・ゲートと検知機器、各所にカメラが設置された。最新鋭のインターフォン、モニタ、電子制御ドア、闖入者《ちんにゅうしゃ》の探知ポイントはそこかしこにあった。プロジェクト担当者らは、裁くのも裁かれるのも人間で、後者はときに破れかぶれになっているという事実を忘れていた。いくつもの法廷が入る七階建てビルは、五千平方メートルの中庭《アトリウム》を擁している。高さ二十八メートルの吹き抜け、目が眩《くら》みそうな空間。断罪されたばかりの者が妙な考えを起こしてもおかしくない。

刑務所では自殺を未然に防ぐため、厳重に予防線が張られている。だがここは違う。通路の側面には簡単な手すりがあるばかり。サンクレールはこれをまたいで飛び降りるのに、一歩踏み出すだけでよかった。

あの光景がソレーヌの目に焼きついて、どうしても忘れられない。裁判所の大理石のゆかで関節が変な具合に曲がったクライアントの遺体が目に浮かぶ。彼の家族、子供たち、友人たち、彼のもとで働いていた人々のことを思う。最後に話し、そばについていたのは自分だ。罪悪感に襲われる。どこで間違えたのか？　何か言うべきだったのか？　何かすべきだったのか？　最悪の事態が予想できなかったのか？　アルテュール・サンクレールがどんな人物かはよく知っていた、が、あの行為は謎のままだ。ソレーヌには意気消沈も絶望も読み取れず、爆発寸前の爆弾にもみえなかった。

ショックが引き金となって彼女自身が爆発した。ソレーヌもまた倒れた。白い壁の病室でカーテンを閉めきったまま何日も起きあがれない。光に耐えられない。ほんの些細《ささい》な身動きもできそうにない。法律事務所から花が、同僚たちからは励ましのメッセージが届いても、それを読むことすらできない。立ち往生。路上でガス欠した車のように、四十歳にしての立ち往生。

燃え尽き症候群《バーン・アウト》。英語だと軽く、かっこよく聞こえる。鬱より響きがいい。はじめ、ソレーヌはありえないと思う。自分のことじゃない、違う、関係ない。雑誌で体験談がもちきりの、あのもろい人たちとは似ても似つかない。むかしからしっかり者で活動的だった。ちょっとやそっとのことではへこたれない、とすくなくとも自分では思っていた。

過労はよくみられる問題なんです、と精神科医は落ち着いた声で言う。その口から出る学術用語をよくのみ込めないまま聞いている。セロトニン、ドーパミン、ノルアドレナリン、そして耳をふさぎたくなる言葉、抗不安薬、精神安定剤、抗鬱剤。眠るために夜、起きあがるために朝、服用する薬を処方される。生きるのをあと押ししてくれる錠剤。

すべてが順調だったのに。富裕層の住む郊外で生まれたソレーヌは、子供のころから頭がよく感受性豊かでまじめ、将来を楽しみにされていた。ともに法学者の両親と妹にかこまれて育った。学業では挫折を知らず、二十二歳で弁護士資格を取得、パリの有名法律事務所に就職した。ここまで何も言うことはない。もちろん仕事は山積み、訴訟のため週末も夜もバカンスもおあずけ、睡眠不足、審問のリハーサル、ミーティングに会議、走り出したらとまらない特急列車のような生活。もちろん、ジェレミーのこともある。誰よりも愛する人。どうしても忘れられない人。子供を欲しがらず、身を固めるのを嫌がった。はっきりそう言われ、それが自分に合っていると思っていた。ソレーヌは母になるのを夢見るタイプではなかった。疲れきった腕でベビーカーを操る、歩道でよく見かける若い母親に、将来の自分をかさねはしなかった。母になるよろこびは、はつらつと主婦業をこなしているらしい妹にまかせていた。ソレーヌには自由が手放せない――すくなくとも自分ではそう言っていた。ジェレミーにも彼女にも、それぞれの生活があった。ふたりは現代的カップル――愛し合っていても依存しない。

破局を、ソレーヌは予期していなかった。墜落の衝撃はすさまじかった。

数週間の療養後、ようやく白い壁の病室を出て庭園を歩けるようになる。ベンチの隣りにすわる精神科医は子供を褒《ほ》めるように、快方に向かっていることを讃《たた》える。薬をつづけるなら、もうすぐ自宅にもどれるだろうと言う。ソレーヌは無感動にそれを聞く。目的も予定もなく一人暮らしの部屋にもどりたくない。

たしかにアパルトマンは瀟洒《しょうしゃ》な界隈《かいわい》のエレガントな2LDKだが、冷たくがらんとしているようにみえる。クローゼットにはジェレミーが忘れていったカシミアセーターがあって、ひそかに着ている。戸棚にあるポテトチップスの袋は、彼の大好物だった人工的な味のアメリカ製で、なぜかいまでもスーパーで買っている。ポテトチップスなどソレーヌは食べない。一緒に映画やテレビ番組を見るとき、カサカサいう音がいちいち気に障ったものだ。いま、あの音を聞けるならなんだってさしだすだろう。ソファの隣りでジェレミーが立てるポテトチップスの音。

法律事務所にはもどらない。わがままではない。裁判所に入ることを考えただけで吐き気がする。しばらくはあの界隈にも近寄らないだろう。辞職する、正式な用語では休職あつかいにしてもらう――復帰の可能性をにおわせる穏当な用語。復帰など、しかし論外だ。

ソレーヌは療養所を出るのが怖い、と精神科医に話す。仕事も時間割も会議も、やるべきことが何もない生活がどんなものか見当もつかない。何かにつなぎとめられていないと漂流してしまいそう。これにたいして医師が言う。ほかの人のために何かしてみませんか、ボランティアとか？……。ソレーヌは意表を突かれる。彼女はいま、存在意義を喪失しているのだ、と医師はつづける。自分の殻を破って、ほかの人に目を向け、朝起きあがる理由を見つけなければ。何かのため、誰かのために役立っていると実感すべきです。

薬とボランティア活動、そんなアドヴァイスしかできないの？　医学部で十一年間も何をしてきたの？　ソレーヌは困惑する。ボランティア活動が悪いわけではないが、自分がマザー・テレサのような魂の持ち主でないのはわかっている。病みあがりの自分に誰を助けられるというのか？

だが精神科医はこだわっているようだ。試してみてください、と退院の書類にサインしながら、なおも勧められる。

帰宅したソレーヌは何日もソファで寝てすごし、雑誌をぱらぱらめくっては、すぐに買ったことを後悔する。家族や友人の電話や訪問にも気が晴れない。何にも興味がわかず、会話をする気も起こらない。うんざりしている。アパルトマンのなかでうろうろし、寝室とリビングを行ったり来たりする。ときどき近くの食料品店まで行き、薬局に寄って錠剤を補充してからアパルトマンにもどって寝る。

ある退屈な——とはいえ、いまではつねに退屈な——昼下がり、コンピュータのまえにすわる。最新のＭａｃＢｏｏｋは四十歳の誕生日、燃え尽き症候群の直前に同僚たちからプレゼントされ、あまりつかっていない。ボランティア……。どうせすることもないし。検索してたどり着いたパリ市役所のサイトには、さまざまな団体の公募がリストアップされている。ドメイン名に驚く——jemengage.fr《奉仕活動する》。「ワンクリックで奉仕活動！」とホームページは謳っている。質問がある——どこで支援したいですか？　いつ？　どのように？　ソレーヌには皆目わからない。メニューをひらくとミッション別の見出しが並ぶ——文字の読めない人のための読み書き教室、アルツハイマー患者の家庭訪問、救援食糧の自転車配送、路上生活者のための夜まわり、過剰債務家庭支援アドヴァイザー、恵まれない環境の子供たちへの学習支援、市民討論会の世話役、迷い動物の救護、外国人移住者の支援、長期失業者の後援、無料給食の配布、老人ホームでの講演者、病院でのイベント司会者、刑務所訪問、古着バンクの管理人、障害のある高校生のチューター、ＳＯＳ友情ダイヤルの電話対応、応急手当講座インストラクター……。守護天使というミッションまである。

ソレーヌの頰《ほお》がゆるむ――自分の守護天使はどこへ行ってしまったのか。高く飛びあがりすぎて迷子になってしまったのだろう。おびただしい数の公募に圧倒され、検索をやめる。どの目的も貴《とうと》く、擁護されるだけの価値がある。ひとつ選ぶと考えただけで思考がとまってしまう。

時間、それが各団体のもとめるもの。一秒も無駄にできない社会で、あたえるのがいちばん難しいものかもしれない。他人のために時間を割く、それが真の奉仕活動。時間ならソレーヌにはある、が、エネルギーが枯渇している。一歩踏み出す用意がない。手間はかかるしエネルギーもいる。お金を寄付したほうがいい――面倒がない。

投げ出すなんて卑怯だと心のどこかで感じている。ＭａｃＢｏｏｋは閉じてソファにもどって眠ろう。一時間か、一か月か、一年か。薬でぼうっとなって、もう何も考えない。

その瞬間、目に入る。下のほうにちいさな募集記事。気づいていなかった言葉。

2

「代書人求む」

公募を読むソレーヌに不思議な震えがはしる。代書人《エクリヴァン・ピュブリック》。言葉とともに、どっと思い出がよみがえる。

弁護士は本当にやりたい職業ではなかった。ソレーヌは想像力あふれる子供だった。ティーンエイジャーのころはフランス語の能力が抜群だった。教師たちは口をそろえて才能があると言った。飽きもせず詩や短い物語をつくってはノートに書きつけていた。ひそかに作家《エクリヴァン》を夢見ていた。ヴァージニアよろしく「自分ひとりの部屋」で、コレットのように猫を膝にのせ、日々机に向かう自分を思い描いていた。

両親に展望を明かしたとき、反応はまるでかんばしくなかった。ふたりとも法学教授で、レールからはずれた特殊な道、よくわからない芸術系の職業には不審の目を向けていた。社会に認められる堅実な職業を選ばなければ。それが重要なことだった。

堅実な職業。幸せになれるかどうかの問題ではない。

本では食べていけない。ヘミングウェイならともかく、だけど……、父は言いかけてやめた。ソレーヌは宙吊りになったものの意味を察した。不確かすぎると言いたかったのだ。才能があるかどうか。才能があっても、それで十分とはかぎらない。自分の力ではどうにもならない、危惧するしかないあまりに多くのことに左右される。あきらめなさい、と言いたかったのだ。夢みたいなことを考えるのはやめなさい。

それより法律をやりなさい、と父はつづけた。書くのはいつだって趣味でできる。だからソレーヌは夢を、膝の猫やヴァージニアの小説と一緒にぐっとのみ込んだ。けなげな兵士として隊列にもどった。両親は娘が弁護士になることを望んでいた。その希望をかなえよう。自分の計画はやめて両親のそれを実現しよう。法律をやればすべてに道がひらける、と母も口をそろえた。嘘だった。法律はどこへも導いてくれない。袋小路だ。たどり着いたのは白い壁の病室、そこでソレーヌは法律に捧《ささ》げた長い年月を忘れようとしている。見舞いに来た両親は、どうして娘がこんなことになったのか、まったくわからないと言う。有名な法律事務所に就職して、立派なアパルトマンもあって、なんの不足もないのに……。それが何？　とソレーヌは苦々しく思う。自分の人生はまるでモデルルーム。見ばえはしても本質が欠けている。空《から》っぽだ。マリリン・モンローの印象的な言葉を思い出す――「キャリアは結構だけど、それが夜、足をあっためてくれるわけじゃない」。ソレーヌの足は凍りついている。心も。

子供時代の夢を忘れるのはたやすい、考えなければいい。ヴェールで覆うのだ、長く家を空けるとき家具にカバーをかけるように。就職当初、ソレーヌは仕事のかたわら暇をみては書きつづけた。だが文章を書くのは間遠になる。過密スケジュールに押され、言葉たちは行き場を失う。弁護士業は手の抜けない職業、ソレーヌも手を抜けない人間だ。有給休暇、バカンス、週末、夜は仕事にすこしずつ食いつぶされていく。どうしても満腹しない世話の焼けるモンスターに、友人との外出や余暇をむさぼり食われていく。恋愛も。恋人は何人かいたけれど、いつもしまいには音《ね》をあげて逃げ出していく。夜は仕事漬け、ディナーは法律事務所の急用でお流れ、バカンスは直前にキャンセル、そんなことがかさなっては恋愛の出る幕はない。それでもソレーヌは強行軍をつづける。悲しみにくれている暇はない、泣きごとを言っている暇はない。

ジェレミーと出会うまでは。

彼は教養があって機知に富む魅力的な弁護士で、パリ弁護士会の会長選挙で知り合った。同業者と思うとソレーヌは安心できた。ジェレミーとは価値観が同じで理解してもらえる、と思っていた。だが、女友達には警告されていた――「カップルに弁護士がふたりいたら、ひとりはよけい」。そのとおりだった。ジェレミーは、彼女ほど優秀ではないが、もっと時間のある女性のもとへ去っていった。ソレーヌが訴訟準備のせいで一緒に行けなかった夕食会で出会った女性だった。


「代書人」。強烈な言葉。時限爆弾だ。公募の見出しをまえにソレーヌはしばらくのあいだ身じろぎもしない。リンクをひらくと「連帯の羽根《ペン》協会」という団体のサイトがあらわれる。ホームページには代書人の役割が詳しく書かれている――依頼に応じて文書作成のサポートをする書き言葉によるコミュニケーションのプロ。文書の性質は私信から事務的書状まで多岐にわたる。もとめられる能力――柔軟性。構文法、綴《つづ》り、文法をマスターしていること。自在に文章を執筆できること。行政手続きに関する知識。インターネットと文書作成ソフトを使いこなせること。法律と経済の学習経験があれば尚良い。

能力ならソレーヌにはある。公募の要件はすべて満たしている。大学時代、教員たちからは流れるような文体や豊富な語彙《ごい》を褒《ほ》められたものだ。法律事務所では同僚が意見陳述の草稿を書く際に相談に来ることもめずらしくなかった。書くの巧《うま》いね、とよく言われた。

自分の言葉を必要とする人のために役立てる、というアイディアには惹《ひ》かれる。自分にはできる。そう、できる。

最後に、人の話に耳を傾ける能力、とある。クライアントと接するなかで、ソレーヌは身を引いて相手に意中を吐露させる術を身につけた。よい弁護士とは心理カウンセラーであり、信頼できる相談相手である。たくさんの告白、口が裂けても言えなかった秘密に耳を傾け、涙を拭いてやった。素質はある。なんでも腹を割って話せる人がいるものだが、彼女もそのひとりだ。

自分の殻を破らなければ、何かのため、誰かのために役立っていると実感すべきです、と精神科医は言っていた。よく考えずソレーヌは「問い合わせ」ボタンをクリックする。メッセージを書いて送信する。どのみち、ソファにのびて衰弱していくよりはまし。それに「連帯の羽根協会」はすてきな名前、試すだけなら失うものはない。

翌朝、協会の責任者から電話がくる。レオナールという男性。電話の声ははきはきして朗らかだ。その日のうちに十二区にある事務所に面接に来ませんかと言う。とっさのことに、ソレーヌは承諾し住所を書きとめる。

見苦しくない服装をしなければ。ここしばらく、ずるずるとスウェットパンツですごし、近くの食料品店へ行くときはレギンスにジェレミーの古びたセーターといういでたちだった。外に出るのが億劫《おっくう》だ。やっぱり行くのはやめようか。中心地から離れた地区まで地下鉄に乗るのが気が重い。質問にきちんと答えられるか、会話がもつのか心もとない。

だが電話の声は感じがよかった。だからソレーヌは錠剤を飲み、指定された住所へ行く。ぱっとしない場所だ。袋小路の奥の老朽化したビル。入口のドアがなかなかあけられない――インターフォンは故障中、とビルから出てきた住人が教えてくれる。エレベータも。ソレーヌは階段をのぼり、六階の「連帯の羽根協会」本部にたどり着く。四十代の男性に両手を広げて歓迎される。会えたのが嬉《うれ》しそうで、「協会の事務局」と誇らしげに言って招じ入れられたのは、ありえないほど散らかったせせこましい事務所。ソレーヌは整然とした自分のアパルトマンを思い、どうしてこんなごった返した場所で仕事ができるのだろうと首をかしげる。レオナールが椅子に積まれた手紙の山をどかし、すわる場所をつくってくれる。コーヒーを勧められ、ソレーヌはなぜか受け入れる――ふだんコーヒーは飲まない、紅茶にする。液体は苦く冷めている。礼儀上、無理に飲み込みながら、次は断ろう、とひそかに思う。

レオナールはメガネをかけて履歴書に目をとおし、驚いた表情を浮かべる。正直なところ面接に来るのは暇をもてあました退職者で、有名法律事務所の弁護士さんではないもので、と言われる。ここに来ることになったいきさつについて、ソレーヌはよけいなことを言わない。鬱のことも燃え尽き症候群のことも、人生を一変させられたアルテュール・サンクレールの死のことも話さない。転職を考えていると言う。本心を打ち明けるなど問題外、会ったばかりのこの人に、どんなかたちであれプライヴェートな話をするなど論外だ。そのために来たのではない。レオナールが履歴書を読み終えるまで、後ろの壁に貼られた子供の絵を観察する。そのうちのひとつには「たいすき《je teme》」とぎこちない字で書かれている。粘土の手づくり恐竜がデスクの真んなかに鎮座し、文鎮がわりになっている。これはデルタドロメウス、とレオナールが教えてくれる。ティラノサウルスに似てるけど、前脚がずっと細いんです。よく混同される。ソレーヌはうなずく。つまり実生活とはこういうもの——小難しい恐竜の名前に詳しくなって、綴りの間違った愛情の言葉をため込むこと。

レオナールは履歴書を返してよこしながら学歴とキャリアを讃《たた》える。完璧なプロフィール！　協会にとって願ってもない人材！　いつから始められます？　ソレーヌは一瞬たじろぐ。こんな簡潔な採用面接は初めてだ。法律事務所の求人に応募したとき、採用試験はいくつも段階を踏んだのを思い出す。長く消耗するプロセス。もちろん、そこまでの厳しさは予想していなかったが、せめて経験くらいは訊《き》かれると思っていた。ボランティア要員が足りないんです、とレオナールが白状する。最近うちの退職者が二人亡くなってしまって。ぞっとしない話だと気づいて笑い出す。協会のメンバーになったからといってすぐ死ぬわけじゃないですよ。生きのびる人もいる、ときにはね。ソレーヌはつられて微笑む。レオナールは行きすぎのところがあるが、嫌な感じはしない。エネルギーがつたわってくる。ふつう採用者には二日間の研修をしてもらうが、ことソレーヌに関してはよけいだろう、とも言われる。必要以上の学歴があるし、難なく仕事をこなせるだろう。事務的な書状を書いたり、書類に必要事項を記入したり、依頼者に助言し、付き添い、導くことができるだろう。

レオナールはデスクにうずたかく積まれた紙をのぞき込んで紙片を抜き取る――乱雑にみえても、どの書類がどこにあるかは正確にわかっている、と言う。お願いしたいのは女性向け施設でのミッション。いろいろな理由で困窮する女性たちが住んでいるから、毎週一時間の出張サービスで文書作成の手助けをしてほしい。

ソレーヌは一瞬こわばる。女性向け施設、と思うと引いてしまう。区役所のような官公庁に派遣されると思っていた。施設といえば貧困、先行きの不安――対峙《たいじ》する用意ができていない。県庁などなら言うことないのだけど……。レオナールは首を横にふる、その手の仕事は何もない。また紙の山に頭を突っ込んで別の派遣先の用紙を二枚引き抜く。パリから遠い郊外にある刑務所……と、末期患者のためのホスピス。ソレーヌは愕然《がくぜん》とする。刑務所なら弁護士としてかよっていた、ノー・サンキュー、もう十分尽くした。ホスピスのほうは……。おそらく鬱を脱け出そうとしている者にぴったりの選択ではない。ふいに逃げ出したくなる。こんなところでいったい何をしているのか、わからなくなる。何を血迷ってこんな場末のいかがわしい事務所に来てしまったのか？　何を期待していたのか？

レオナールが固唾《かたず》をのんで待っている。目に希望があふれ、ほろりとさせられるくらいだ。判決を待つ被告人のように待っている。嫌だ、と言い出せない。ここまで来て、六階まで階段をのぼり、人生でいちばん不味《まず》いコーヒーを飲み下した。先月はベッドから起きあがることもできなかった。努力しなければ、まえに進まなければ。

わかりました、と思わず口にする。施設にします。

レオナールの顔がぱっと輝く、分厚いメガネの奥で電気がついたみたいだ。はしゃいだ様子は、思いがけないプレゼントをもらった子供のよう。施設の館長に連絡しておきます！　館長がソレーヌを迎えてくれるでしょう。申し訳ないが初回に付き添えない——彼自身、恵まれない地区の出張サービスを三つかけもちしていてからだがあかない。だけど、きっと大丈夫！　何かあったら電話をくれればいい……。協会のパンフレットの裏に携帯電話の番号を書きつける――名刺がない、注文しなくちゃいけないんだけど。そう言って立ちあがると、ソレーヌをドアまで送り、幸運を祈って踊り場へ突き放す。

ソレーヌは文句を言う暇もない。無理強いされたような嫌な気分で帰宅する。言いなりになるにもほどがある。代書人《エクリヴァン・ピュブリック》、言葉はすてき。現実はそうでもなさそうだ。言葉に引っかかってしまった。警戒していなかった。

精神科医から処方された錠剤をたくさん飲んでベッドに入る。

たぶん、まだこれからでもやめると言える、そう考えてから意識が薄らぐ。

3

一九二五年、パリ

今夜はやめて。
寒すぎる。
お願いだ、行かないで。

リビングの窓から、アルバンは首都に降りしきる雪を見つめる。十一月はじめのいま、気温は氷点下だ。北風が通りを吹きすさび、街路樹に残った葉をむしり取っていく。パリは雪化粧している。

ブランシュ、聞いてる？
そんなからだじゃ無理だ。

ブランシュは聞いていない。スカートのボタンをはめ、紺色のメリヤス生地のジャケットをはおって、反対されてもどこ吹く風。アルバンは気をもむ。ブランシュが咳《せ》き込む。肺の病気が悪化している。昨夜は寝ていない。咳《せき》の発作に襲われ何時間も苦しみ、夜明けに血の気のない顔でぐったりしていた。彼は医者に診てもらうように頼み込む。

それがなんになる？　荒い息で言い返される。エルヴィエ先生からは休息と転地療養を指示されるだろう、なんてくだらない！　ブランシュは病人や引退者ばかりの療養所に引きこもるつもりはない。アルバンはアルデシュ県サン＝ジョルジュにある別荘の話を出す――向こうに移り住もう、パリのめまぐるしさから遠く離れてのどかに暮らそう。それが彼女の健康のため。それが分別あること、と迂闊《うかつ》にもつけくわえる。

分別など、ブランシュにはない。分別のあったためしがない。具合が悪いからどうだっていうの？　いずれ永遠に眠るんだから、と言い放つ。極《きわ》めつけのせりふ！　アルバンは臍《ほぞ》をかむ。治療するとの約束と同じくらい、もう何度となく聞いたせりふ。妻は頑固だ。戦士であり騎士である。妻は剣を手に、戦いのさなか死ぬだろう。

家を出る妻をうなだれて見送る。何を言っても引きとめられないのはわかっている。ブランシュは自分の健康のために予定を変えることはない。五十八歳のいまに始まったことではない。だてに三つのSの記章を襟《えり》につけてはいない。それは妻の使命、天職、生きる理由だ。
スープ《Soupe》、石鹸《Savon》、救済《Salut》。三つの言葉に妻の人生をかけた活動が要約される――恵まれない人に救いの手をさしのべる。彼女がほぼ四十年来、奉仕してきた組織の信条だ。

ブランシュは一八六七年、フランス人の父とスコットランド人の母のあいだにリヨンで生まれた。ジュネーヴで育つ。わずか十一歳のとき、牧師の父が死去。母は五人の子供をかかえて残される。末っ子のブランシュはひと筋縄ではいかない子供。苦しむ者がいれば一緒に苦しみ、あらゆる不公平に立ち向かう。女学校ではちいさい者を庇《かば》うため、大きな者を向こうにまわして喧嘩《けんか》する。よく報いを受ける。膝小僧をあざだらけにし、破れ汚れた制服で帰宅することもめずらしくない。母が叱ってもかいはない。この鋭敏すぎるほどの感じやすさが天分、一種の才能で、やがて娘が偉大なプロジェクト、崇高な使命へ向かうことを母は知らない。

十代のブランシュはおてんば娘。乗馬にスケート、ボート遊びやダンスに興じる。親友ルルと浮かれて遊びまわる。優雅でいてエネルギッシュ、と身内では評される。「ちいさな社交家さん」とあだ名され、ジュネーヴの上流社会でできる気晴らしは目いっぱい楽しもうとしているかのよう。

十七歳のとき、スコットランドの母方の親族のもとへ送られる。母はちょっとした環境の変化が娘のためになると考える。サロンのあつまりで「大尉」の異名をもつキャサリンと出会う。イギリスの牧師ウィリアム・ブースの長女だ。狂人あつかいされているこの男の話はブランシュも耳にはさんでいた。不平等を撤廃し、世界の変革を夢見ているという。軍を要する社会闘争もあると主張し、軍隊をモデルにした組織を創立したばかり。士官学校、軍旗、制服も階級もすべてそろっている。運動がかかげる大望は、国籍、人種、宗教のいかんにかかわらず世界中の貧困を撲滅すること。イギリスで興った「救世軍」はいずれ全世界を征服するだろう。

グラスゴーのサロンで「大尉」は舌鋒《ぜっぽう》をふるう――で、あなたは？　人生をどうするつもり？　ブランシュが問いつめられる。若い彼女は気をのまれる。大聖堂に響きわたる澄んだ声のように言葉が頭のなかでこだまする。まるで青天の霹靂《へきれき》。天からの召命のよう。この言葉が、教会で耳にし怪訝《けげん》に思った一節に呼応する――すべてを棄《す》てよ、そうすればすべてが手に入る。

すべてあたえる。すべて棄てる。できるだろうか、遊び好きの「ちいさな社交家さん」の自分に？　思ってもみなかった天命がここに下る。高揚感に当惑する。これがわたしの使命？　人生の意義？

「黄金を塵《ちり》のうえに
　オフィルの金を川床の岩におけ」

ヨブ記が進む道をしめしてくれる……。ブランシュはアクセサリーを売り払って得た金を、すべて救世軍に寄付する。淋しくなるどころか驚くほど気分が軽い。この行為を皮切りに彼女の社会奉仕が始まる。ブランシュは自分の道を見つけた。ヨブの言葉が前照灯となって導いてくれるだろう、一生涯——そして、そのあとも。

実家に帰ったブランシュは、救世軍に入る決心を告げる。パリの救世軍士官学校に入学する！　母は警告する。ブランシュの長兄が入隊したばかりで、救世軍兵士がどんな生活をしているか知っているのだ。末娘が育った守られた環境とはほど遠い、不安定で何が起こるかわからない生活を懸念する。ブランシュはからだが弱く、肺に問題をかかえている。子供のころからたびたび療養を余儀なくされている。兄が思いとどまらせようとするが、ブランシュは聞く耳をもたない。社会奉仕の道のほかは何も望まず、困難を乗り越える覚悟はできている。

家庭にとどまる人生を送ろうとは思わない。もっと広大な地平を夢見ている。救世軍でブランシュは天職のみならず、あらかじめ敷かれたレールから逃れる方策も手に入れる。十九世紀末のこの時代、ブルジョワ階級出身の子女に許された人生の展望はかぎられている。修道院で教育を受け、決められた男に嫁《とつ》ぐ。「聖女のように育てあげ、繁殖牝馬のように譲りわたす」と書いたジョルジュ・サンドは、決められた結婚を断固拒否している。女性が働けば眉をひそめられる。そんな窮地に陥るのは寡婦や未婚女性ばかり。就ける職はほとんどなく、召使い、針仕事、見世物興行と売春がせいぜいだ。

軍創立時からウィリアム・ブースは組織内に男女平等の原則をしいた。そもそも士官の過半数——十人に七人——は女性なのだ。女性に自由に説教をさせ、ほかの宗教組織の憤激を買う。集会ではこう言ってはばからない——我が軍の精鋭の士はみな女だ！　このような男女の混在は顰蹙《ひんしゅく》を買い、醜聞沙汰となる。ロンドンでは救世軍の女性士官が一年中着用するつば広のハレルヤ帽がはやし立てられる。パリの街頭では口笛を吹かれ、聴衆のまえで説教をすると猫の鳴き声、ロバのいななきの真似で妨害される。口からヒキガエルが飛び出すといって忌み嫌われる。スカートを穿《は》いた男だと言われる。「嬌声軍《きょうせい》」とその女性闘士はこきおろされる。ブランシュは嘲笑をものともしない。男性に引けを取らず説教できる。いずれ証明してみせる。

ブランシュの入隊は周囲の反感を買う。親友ルルは手紙で思いとどまらせようとする――「パリの街頭を駆けずりまわるなんて女性のすることではないし、女が説教をするなんて男が靴下を繕うのと同じくらい不自然なこと。女性の唯一真正で貴《とうと》い使命は、自分の内面と家族にすべてを捧《ささ》げること、家庭では陰ながら夫の幸福のために尽くし、自分の子供だけ世話すること、わたしはそう固く信じています」。無駄な努力だ。ブランシュは一生靴下の繕いをしているつもりはない。他人から割りあてられた労役などごめんだ。舞台にあがり、役立つことを夢見ている。フランスのために貢献したいと言う。誰になんと言われても頑として決意を変えない。ブランシュはついにジュネーヴを離れ、パリの救世軍士官学校に入学する。

救世軍の新兵が住むロミエール大通りの宿舎で、ブランシュは過酷な現実を目の当たりにする。階級にかかわらず士官はたびかさなる徹夜仕事で疲弊し、寒さに凍え、食うや食わずの生活を送っている。まったくの赤貧状態だ。ブランシュがイラクサを煮込んで夕食にすることもめずらしくない。救世軍の活動がイギリスとスイスで根をおろしても、フランスにはなお抵抗がある。伝統的にカトリックが信仰され、プロテスタントの活動は白い眼で見られる。フランスじゅうで迫害される。投石、げんこつ、蹴りであしらわれる。こてんぱんに打ちのめされ、ぎゅうぎゅう絞りあげられる。夜、ロミエール大通りに帰ると、ブランシュの帽子や服には投げつけられた腐った卵、ゴミ、死んだネズミの肉片がこびりついている。若い士官のひとりはリンチで殴り殺される。ブランシュはショックを受けてもくじけない。ともなう危険が大きければ大きいほど奉仕の真正さがしめされる。彼女のそれは純粋で完全無欠。疑いにも、飢えや寒さにも損なわれない。持たざる者に手をさしのべるこの闘争のためだけに生きているかのようだ。

救世軍は彼女の本能をことごとく満足させてくれる——苦しむ者への共感《エンパシー》、献身的な性格、英雄的行為へのあこがれ、冒険心。制服はブランシュにあつらえたようによく似合う。母は「ちいさな社交家さん」の帰りを待ちあぐねる。娘の固い意志も多くの試練で揺らぐだろうと考えていた。間違いだった。ブランシュは軍で才能を開花させる場を手に入れた。

若い大尉の許嫁《いいなずけ》になっていたブランシュは婚約を破棄する。束縛はいらない。行動の妨げとなるしがらみはいらない。自分の使命は結婚と両立しない。救世軍で出会ったブース家の末娘、エヴァンジェリーヌのように独身を貫くことを誓う。ふたりの友情は生涯つづくことになる。ともに一生独身をとおし、信奉する組織のために尽くそう、と誓い合う。まるで修道女、だが戦闘服に身をつつむ。兵士のよう。

ある出会いがしかし、ブランシュの決意を曲げることになる。

彼の名はアルバン。
十九歳で、その笑みは磐石《ばんじゃく》の誓いも粉砕する。

4

現代、パリ

電話一本ですべてなかったことにできる。ソレーヌはレオナールに電話で断ろうとする。考えなおした、やはり法律事務所のフルタイムの仕事に復帰する、と言おう。嘘ならつける——何年もこなした本職だ。だがためらう。それは居心地のよいところにとどまって、易《やす》きに流れることではないか？　アパルトマンを眺める。ちりひとつないこの無機的な金の鳥かごで自分は生気を失っている。もしかして決められた道から無理にでも遠くへ連れ出してもらう必要があるのではないか？　ずっと他人が決めた道を歩いてきた。いい加減、もう道をはずれていいのではないか？

困窮女性のための施設。そんな場所に入ったことはない。どんな人がいるかわかったものではない。非行少女、ホームレス、つまはじき者、家庭内暴力の被害者、セックスワーカー……。対峙《たいじ》するつよさがあるのか心もとない。貧困とは無縁の守られた環境で育った。法律事務所のクライアントは金融界の大物たちだった。なるほど悪党だが、高級仕立《チフォネリ》てのスーツに身をつつむ。不幸を、本物の不幸を知らずにきた。それは新聞やテレビのドキュメンタリー番組で見るもの。遠く、安全地帯からバリアを隔てて観察するもの。メディアでよく取り沙汰される「先行きの不安」という言葉はもちろん知っていても現実に触れたことはない。唯一身近な貧困といえば、パン屋の店先で小銭かパンをもとめて手をのばす、あの若い女性ホームレスだけ。雨の日も雪の日も風の日も、コップをまえにすわっている。ソレーヌは毎朝見かける。足をとめたことはない。軽蔑《けいべつ》でも無関心でもなく、習慣のようなもの。貧困は風景の一部なのだ。許容され、不変の要素として都市の景観をなしている。小銭をあげようがあげまいが、ホームレスは翌日もそこにいるのだから、どうなるというのだ？　個人的責任は集団になると薄められる。科学的に証明された事実——誰かが襲われたとき、その場にいる人が多ければ多いほど、行動に出る人はすくなくなる。貧困も同じ。ソレーヌがエゴイストなのではなく、多忙なその他おおぜい同様にわき目もふらず首都を闊歩《かっぽ》する。ことわざにもある、各人は自分のために、神は万人のために——神がいればの話だが。

薬のかいもなく夜は眠れない。施設の館長から、あした面接に来てほしいと言われた。

辞退するための言い訳をありったけ考えたあと、ソレーヌは決心する。行こう。行くだけ行ってみる。それであまりに陰鬱《いんうつ》で気が滅入るところなら、レオナールに電話で断ればいい。いずれにしても療養中の身なのだ。ボランティアは一種のセラピーであって、罰ではないはず。

いつもの癖で約束の時間よりだいぶ早く着く。法律事務所時代に身についた習慣。時間厳守は礼儀の極み。格言にはいつも律儀にしたがってきた。聞き分けのよい優等生なのがうんざりする。すっぽかしてしまいたい。施設に顔を出さず、言い訳もせず、人生いちどくらい下品で無作法な態度をとってみたい。そして、しゃあしゃあとしていたい。

もちろん、そんなことはしない。近くのカフェに入り、紅茶を注文する——朝は食べていない。何も喉をとおらなかった。周りを眺めるうち、そこが二〇一五年十一月十三日のテロの惨劇で有名になった飲食店のひとつ「ラ・ベレキップ」だと気づく（パリ近郊のサッカー競技場付近とパリ市内のコンサートホール「バタクラン」および周辺で起きた爆弾と銃撃によるテロ事件、死者数合計百三十一名。イスラム国グループが犯行声明）。ここで多くの人がテロリストに虐殺された。死者二十名。自分と同じようにすわってお茶かお酒を飲んでいる最中だった。そう考えてソレーヌはぞっとする。店主、客、常連のことを考える。どうしたら毎朝起きあがれるのか？　どうやって生きつづけられるのか？　テラス席の客の顔、表情を見つめる。不思議と親近感をおぼえてくる。彼らももろく不安定なのだろうか？　再び生活を楽しみ、屈託なくのんきな気分になることもあるのだろうか？　それとも、そんな感情は永遠になくしてしまったのだろうか？　ソレーヌは将来のことを考える。この先どうなるのだろう？　そもそも自分に未来があるのだろうか？　漠然として見当もつかない。ボランティア活動を何回かして、そのあとは？　そう考えると眩暈《めまい》がする。しばらくは貯金で生活できる。せめてもの救い。

行かなくては。ソレーヌはカウンターに代金をおき、道路をわたって巨大な建物のまえに出る。予想をはるかに超える大きさ——袋小路の奥のうらぶれたビルを想像していた。六階建てが交差点に面してそびえている。堂々たるアーチ型の門の上部には装飾がほどこされている。ファサードに銅の銘板がふたつ。ソレーヌは近寄ってみる。創建が二十世紀初頭。歴史的重要建造物に登録され、名称は「女性会館《パレ・ドゥ・ラ・ファム》」。変わったネーミング。イメージされるのはなにか豪奢《ごうしゃ》な、女王が住むような宮殿《パレ》。困窮女性の施設ではない。

ソレーヌは正面階段をのぼる。居住者専用ドアがある。もうひとつドアがあって呼び鈴には「来賓用」とある。ソレーヌはボタンを押し、会館に足を踏み入れる。

合成樹脂の大きなカウンターの受付で、若い女性が忙しく立ち働いている。ソレーヌはすわって待つよう椅子を勧められる。かたわらの肘掛け椅子では買い物袋にかこまれて女性が居眠りしている。周囲の物音をよそに熟睡している。まるで千年の旅から帰還したばかりのよう。近づいたら起こしてしまうかもしれない。立っていよう。そのほうがいい。

館長があらわれて我に返る。年配の女性を想像していたが、自分と同じ四十代の女性、ショートカットできっぱりとした握手。先に立ってロビーになっている広々としたホールに案内される。明るくて、観葉植物や籐椅子、グランドピアノがおかれている。ガラス張りの天井から光が降り注ぐ。温かくて親しみのわく空間。ここは会館の中枢神経、と館長が言う。居住者があつまっておしゃべりをする。ここで催される活動もある。出張サービスはここでしたらいい、事務室よりアクセスしやすい。館長はほかの公共スペースの案内を申し出る――プライヴェートなスペース、居住者の個室は見られない、と言う。体育室《ジム》へ向かうところで足どめをくう。蛍光色のスウェットに色褪せたジーンズの若い女性が憤然として館長を呼びとめる。もう我慢も限界、あのタタたち、また夜なかまで騒いでた！　フロアーを替えてほしい、もう耐えられない！　居住者はやつれ、ふてくされた顔をしている。館長は、いまは取り込み中だけどタタには言っておく、と約束する。部屋を替える件についてはもう話したから規則はわかっているでしょ、シンシア。女性はおさまらない様子で毒づきながら去っていく。館長はソレーヌに脱線をわびる。施設の暮らしになじめない居住者もいる、と説明する。それぞれの個性と折り合いをつけさせ、諍《いさか》いがあればまるくおさめなければ。文化の違いや雑居生活で緊張が生じる。会館に住む女性はみな特殊な事情をかかえている。多くはもとの環境や家族と断絶している。再起して社会とのつながりを取りもどせるよう手助けしなければ。ともに生きる、というと聞こえはいいけれど、現場ではそう簡単にいかない。

ジムは昼間のこの時間、がらんとしている。広々として塗装されたばかり、ダンス練習室のように鏡がある。一角には最新のアスレチック器具が設置されている。ソレーヌがこの手の場所に入るのは久しぶりだ。かつては健康維持に励み、近所のクラブメッドジムの会員にすらなったが、ジムにあてていた時間は法律事務所にのみ込まれ、すぐやめてしまった。次に図書室に案内される。大きな部屋に書棚が並んでいる。居住者に読書してもらうのは容易ではない、と館長は吐露する。すこしは読む人がほんのひと握り、あとはまったく本を読まない。言語の壁のせいもある。フランス語がよく理解できない人もいるのだ。そういう人は週二回授業が受けられる。

ふたりはピアノが二台おかれた音楽室、集会室、古い喫茶室をとおり、目をみはる規模のレセプションホールに着く。このホールは長く食堂として使用されていた、近隣の住人がよく食事に来ていたものだ、と館長が説明する。いまはクリスマスの食事会など大きな行事のときのみ使用されている。そのほかの時期は催事場としてレンタルされる。バーゲン会場として利用するブランドもある。ファッション・ウィーク（年二回シーズンに先立っておこなわれる新作発表週間）のショーもおこなわれる。ソレーヌは驚きを口にする。満足におしゃれもできない女性たちの住む場所に有名ブランドを迎えるなんて、ちょっと場違いなのでは？　館長は微笑む。そのリアクションはごもっとも。でも売れ残りを安く譲ってくれる店もある。それに居住者たちはファッションショーを見られてよろこんでいる。施設を開放するいい機会です。真の共生は異なる文化や伝統をわざわざ混ぜるまでもなく、ここでは自然におこなわれる。外の空気を会館に入れてやればいいんです。

施設の運営は複雑です、と館長はつづける。ひとつ屋根の下にいくつもの機能が同居している。まず居住施設にはバス・トイレつきの個室が三百五十室——ミニキッチンつきの部屋もあるが、そうでなければ共同キッチンがつかえる。居住者は単身女性、失業手当か生活保護を受け、低く抑えられた家賃を払っている。それにくわえて臨時収容センターが緊急のケースに対応する。受け入れは無条件、対象は「住民票状況の複雑」な者。つまりビザのない者。ほとんどが子供をかかえた女性だ。約四十室が移民収容センターにあてられている。入居者はそのときどきの政治状況によって変動する——現在はアフリカのサハラ以南地帯、エリトリアとスーダンから来た人々を受け入れている。最後に、約二十世帯分のちいさな宿泊所がカップルや家族向けに最近新設された。

合計四百人以上がここに住む。それにくわえて五十七名の職員、ソーシャルワーカーや児童教育指導員、設備管理者、事務員、経理係、技術者が働いている。ソレーヌは圧倒される。ここはバベルの塔。ありとあらゆる宗教、言語、伝統が入り混じる。共同生活は容易ではない、と館長はつづける。女性が四百人いれば静寂とはいかない。おしゃべりし、手を叩き、歌い、叫ぶ。ときには諍いもある。罵り合い、仲なおりする。近隣住民が苦情を言いに来ることもめずらしくない。隣りのビルの所有者はときどき受付に陳情書を持ってくる。館長は緊張をやわらげるよう、できるだけの努力をしている。慣れる近隣住民もいる。よそへ引っ越す者もいる。

ここは楽園ではない、館長はソレーヌをエントランスホールまで見送りながら話をまとめる。けれど女性たちは雨露をしのげる。会館にいれば安全だ。平均三年で施設を出るが、なかには長く住む者もいる――いちばん長い居住者は二十五年まえに入居した。出ていく決心がつかないと言う。このなかでは守られていると感じている。

ソレーヌはすこし安心して会館をあとにする。想像していたより感じがいい。明るくて活気がある。週に一時間のボランティアは結局それほど大変なことではないかもしれない。手紙を何通か書けばそれでいい。精神科医には「やりました」と言える。考えていたほど厄介でもなさそうだ。

家を出たときより軽い足どりで帰宅する。その晩は薬なしで眠りに就く。

実は何が待ち受けているのか、ソレーヌはまったく知らない。

5

今日だ。ソレーヌが会館で代書人をつとめる最初の日。出張サービスの時間帯は館長と決めた。毎週木曜の夕方を提案された。その日は、午後にズンバダンス講習があるだけ。ほかの平日の夕方は居住者向けの活動が詰まっている、絵画教室に体操、フランス語、歌、ヨガ、パソコン、英語講習。木曜がちょうど空いている、と館長は請け合った。

ソレーヌはとっさに——弁護士の習慣で——スケジュールを確認しないと、と答えていた。それから言いなおした。木曜で大丈夫です。何もすることがなく、正直なところ毎日、毎週、まったく暇をもてあましているとは言わない。忙しそうにしていなければ怪しまれる。それは誰でも知っている。

朝早く目が覚め、初めての出張サービスをひとりでこなすと考えると落ち着かない。レオナールからはろくに心構えを教わっていない。大丈夫！　あの熱意で言われただけ。度を超した楽観主義が恨めしい。うまくできるか自信がないと言いそびれた。見学したので一点だけは確か——想像していたような惨めな場所では全然ない。心配なのは居住者たちとの接触だ。最初は警戒されるかもしれない、と館長からは言われた。会館にどんな女性たちが住んでいるか、ざっくばらんに話してくれた。怖がらせるためではなく、心構えができるように。重病の女性、アルコールやドラッグがらみの問題をかかえる女性もいるし、借金を背負う者もいる。社会復帰中の元セックスワーカーや軽犯罪者、障害のある労働者、多くの困難を乗り越えてきた移民女性。誰もが先行きの不安を味わってきた。過酷な試練と無関心にさらされてきた。社会の周縁にいる。

いつものようにソレーヌは時間厳守だ。「来賓用」の呼び鈴を押せば、もうそこは会館のなか。広々としたロビーは夕方のこの時刻、閑散としている。アフリカ人のちいさなグループが籐椅子にかけてお茶を飲んでいる。別の一角ではふたり連れがソレーヌにわからない言語——ウォロフ語かスワヒリ語——で話している。そばのタイルのゆかを一歳の赤ん坊が靴下でよちよち走っている。

ソレーヌはどこに身をおいていいかわからない。迷ううち、片すみのテーブルに椅子が二脚あるのが目に入る。バッグからメモ帳と最新モデルのＭａｃＢｏｏｋを取り出す。ふいに気まずくなる、このマシーンをここでひけらかすなんて。携帯電話とコンピュータは豊かさをしめす新たな外的指標――スマートフォンのモデルを見れば所有者の年収が推測できるとするアメリカの調査研究を読んだことがある。こんなふうに自分の暮らし向きを人目にさらすなんて気が利かなすぎる。考えが回らなかった自分を呪う。一瞬、逃げ出し隠れたくなる。手遅れ。もう開始時刻だ。

近くにすわったアフリカ人たちが、冷ややかにこちらを一瞥《いちべつ》する。新品のコンピュータとブランド物のバッグを出して、ここでいったい何をしているのかと訝《いぶか》しんでいる様子だ。ロビーをとおる居住者はそっ気ない視線を投げかけていく。ソレーヌは呼びとめて自己紹介をする度胸がない。エレベータから大きな袋をいくつもかかえた女が出てくる。初めて来たとき受付の肘掛け椅子で眠っていた人だ。あのとき同様の大荷物。何かきょろきょろ探している。わたしを探しているのかも、そう思ってソレーヌの脈が速くなる……。が、そうではない。女は長椅子に近寄ると荷物を周りに並べ横になる。目を閉じて早くも眠り込む。

ソレーヌは動揺する。見向きもされないまま刻々とときがたつ。周囲を眺め、壁の浅浮き彫りに目をとめる。ゆかに目を転じると、セラミックのタイルで描かれた奇妙なマーク。大きなSの字に十字架と二本の剣があしらわれ、てっぺんに王冠がある。略号には「救世軍」とある。ソレーヌは目でホールを探索しつづける。観葉植物の陰でショートカットの女性が編み物をしている。か細くひっそりしていてソレーヌは気づいていなかった。ちいさな鼻メガネをかけ、没頭しているようだ。編んでいるのはゴム編みのセーター。編み棒がせわしなく動くのに顔はまったくの無表情――不思議、とソレーヌは思う。まるでお面をつけているみたい。ロビーのただなか世界でたったひとりのよう。

自分はここで何をやっているんだろう、とソレーヌは自問しはじめる。来ることは館長から居住者に知らされるはずだった。されなかったにちがいない。それとも、ここの女たちにはどうでもいいことなのか。もうすこしましな迎えられ方をすると思っていた。なんという時間の無駄！　ここでは誰からも必要とされていない。

黒檀のような肌の女性が買い物袋をさげてホールにあらわれる。茶飲み女たちのそばで足をとめ、ふた言み言、言葉を交わしてまた歩き出す。後ろから五歳の少女がハリボ（製菓会社）のグミキャンディーの袋片手についていく。髪は何本もの細かい三つ編み、色とりどりのビーズが編み込まれている。漆黒の瞳。ソレーヌの顔に目をとめ、びっくりして凝視する――この子にだけわたしの姿が見えているみたい。少女は吸い寄せられるように近づいてきて、黙ってソレーヌの外見、コート、まえにおかれたＭａｃＢｏｏｋをしげしげと見つめる。最後にさしだされたグミキャンディーはかじりかけだ。ソレーヌはどう対応していいかわからない——度肝を抜かれつつ面白がってもいる。子供はさしだしたものが受け入れられると、母のもとへもどってエレベータに姿を消す。ソレーヌはグミキャンディーを手に当惑している。棄《す》てに行こうと思うが動かない。これはプレゼント、といえる。歓迎のプレゼント。丁寧にティッシュペーパーにくるんでコートのポケットにしまう。

壁の時計はほぼ七時をさしている。出張サービスは誰からも依頼がないまま終わろうとしている。ソレーヌはため息をつく。零点。落胆してコンピュータを閉じ、メモ帳をしまう。つまり、これが再起を助けてくれるというボランティアなわけ？　冗談でしょ……。腰をあげようとすると、年配の女性が買い物カートを引きずってあらわれる。まっすぐソレーヌのほうにやって来る。手紙を読んでくれるって、あなた？　と出し抜けに訊《き》かれる。まるで犬に骨を投げるよう。つよい外国語訛《なま》り——スラヴ、でなきゃルーマニア訛りだ。ソレーヌは不意を突かれる。手紙を書くために来ていますが、読むこともできます……、と答える。カートをあけると女性は雑多な紙類を取り出す。官公庁のレターヘッドが印刷された封筒、はがき、パンフレット、広告。カートいっぱいに詰まっている。呆気《あっけ》にとられるソレーヌのまえのテーブルにそれらをぶちまけ——読んでちょうだい。

ソレーヌはたじろぎ、どうやって切り抜けようかと自問する。無理です、これ全部は…

…。はがきを読みましょう、よろしければ……。紙の堆積からはがきを数枚取り出し、固まって狼狽する……。キリル文字だ。ソレーヌは角のすりへったカードに貼られた切手に目をはしらせる――セルビアからだ。どのはがきも同じ筆跡、おそらく家族か友人なのだろう。ごめんなさい、この言葉はわからないんです、と白状する。女は無言ではがきをつかみカートに入れる。次は官公庁からの通信文をさしだされる。ソレーヌは社会扶助金庫の封書をあける。内容は給付金を受け取るのに必要な証明書類の要求だ。どういうことか説明しようとするが、相手はろくに耳も貸さず手紙をカートにしまう。次の封書も同じこと、携帯電話料金の督促状で一か月以内に支払いがなければサービスはとめられると明記してある。書状が出されたのは前年……。ソレーヌは女に提出すべき書類や支払う金額をメモしては、と言う。だが女は首をふる。憶えてる、と言って額を指さす。封書はまたカートに消える。ソレーヌは引きつづき数十通の封書をあけ、広告も読むはめになる。女はこだわっている。さまざまな特売があるのだ。メガネ、シャッター、スマートフォン、DVDプレーヤー、防犯ブザー、洋服、香水、おもちゃ、店舗によって異なる特別提供品。チラシは数かぎりなく、どれも似たり寄ったり、なんの意味もない。

ソレーヌがロビーの時計に目をやると二時間たっている。もう限界。あたりはひと気がなくなり、茶飲み女たちと編み女の姿もない。かたわらのセルビア女は急ぐそぶりもない。

また次の機会に読みましょう、帰らなくては、とソレーヌはやっとのことで告げる。居住者は文句も言わずにうなずく。カートをあけると広告や開封しなかった手紙をぜんぶ詰め込み、すでに読んだものと一緒くたにし、礼も言わずに去っていく。ソレーヌはげんなりしながらコートをはおって出口へ向かう。なんて変な一日。いささか面くらうすべり出し……。まあ、あの人の役には立てたけど、とこのとっぴというほかない出張サービスに意義をもたせようとする。

出がけにエントランスでセルビア女が目に入る。ゴミ箱にカートの中身を空けている。ソレーヌは唖然《あぜん》とする。

夜九時。会館での初めての出張サービスが終わったところだ。

なんになる？
あそこへ行って、なんになる？

6

レオナールが電話で、会館の初日はどうだったかソレーヌに訊いてくる。うんざりした口ぶりで答える。時間の無駄でした！　居住者に代書人など必要ない。ほかにやることがあるみたい、お茶を飲み、セーターを編むのに忙しくてそれどころじゃない。完全に無視された。ソレーヌは自分が滑稽に、いやもっと悪く、無意味な存在に思えた。手助けした気でいたら、まったくどうでもいい頼みだったと思い知らされた、あのセルビア人のおばさんのことは言うまでもない。

他人のために時間をつかうと言えば聞こえはいい……。ただし相手が受け入れてくれればの話！　むなしい悪あがき。ソレーヌはまたあんな思いはしたくない。あそこへ行く気はない。引きとめたって無駄。

電話の向こうのレオナールは動じない。気持ちはよくわかる。自分も最初のころ、派遣されたパリの区役所で似たような落胆を味わった。ソレーヌが気を落としてはいけない。会館の女性は警戒してうちとけない、挑戦を受けて立つかいがあるというものじゃないか！　信頼を勝ち取って、なじんでもらう。時間はかかるかもしれないが、ソレーヌならきっとできる。もういちど会館にチャンスをあたえてくれないだろうか、と頼まれる。

この反応に、ソレーヌは慰められるどころかよけいいら立つ。支援を受け入れてください、と居住者に泣きつくつもりはない。そんな柄ではない。申し訳ないけれど、考え違いをしていた。適任ではなく、つづける気はない。

こう言って電話を切り、話にけりをつける。また無理強いされるつもりはない。レオナールの楽観主義にはうんざり。いつもやる気満々で、なんでもうまく行くと思っている。お人好しもいいところ。いいや、何もかもうまく行っていない。世のなかあたりまえに回っていない。施設の女性たちにはお金も愛情も人とのつながりも教育も何もない。自分は立派なアパルトマンに住み、三つある貯蓄口座は満額で、これ以上ないほど不幸だ。薬なしでは起きあがることもできない。だから本当にやめてほしい、なんでもうまく行くなんて言わないでもらいたい。世のなか腐っている、それが真実なのだ。

レオナールに押し切られたくない。これまでずっと他人の期待どおり生きてきた。弁護士になって両親を満足させた。ジェレミーには子供が欲しいことを黙っていた。もういい加減、やりたいとおり自分の道を歩いたっていいではないか。嫌だ、と言ってもいいではないか。

自分の道、そう、でもどんな？　四十歳にして、ソレーヌは自分が何者なのか確信がもてない。精神科医にボランティアは試した、向いていないと言おう。別のアドヴァイスをもらおう――それと錠剤も。

外に出るためコートをはおり、ポケットの奥のティッシュペーパーに手が触れる。なかにはかじりかけのグミキャンディー、あの少女がくれたものだ。ソレーヌは思いきって棄《す》てられず、空《から》のジャム瓶にそれを入れる。あの子のまなざしが目に浮かぶ。あの子の何かに心を揺さぶられた。少女の行為にわけもなく心をつかまれた。あの子はどうして困窮女性の施設なんかにいるのだろう、と考える。あそこの生活はどんなだろう？　どこから来たのだろう？　どんな体験をしたのだろう？　何を逃れてきたのだろう？　もう長く住んでいるのだろうか？

レオナールの最後の言葉を思い返す。もういちど会館にチャンスをあたえてくれないだろうか。怒りは消えた。残ったのはもっと知りたいという好奇心。挑戦を受けて立つかいがある、と言っていたっけ……。どのみち来週木曜はなんの予定もない。グミキャンディーと引き換えにチャンスをもういちど、フェアな取り引きだ。ソレーヌは携帯電話を取りあげ、レオナールに二文字だけのメッセージを送信する——OK。

翌週もまた、ソレーヌは会館の門をくぐる。アフリカ人のちいさなグループがまえと同じ場所に陣取っている。同じお茶を飲み、同じよそよそしさでこちらを見る。ソレーヌは足をとめ、一瞬ためらってから意を決し、近づいてあいさつする。つとめて落ち着いた声で、自分は代書人で週一回ここに来ることになった、と説明する。みなさんのなかに手紙や書状を書く手助けの必要な方がいれば、よろこんでお手伝いします。

反応がない。ソレーヌは話が通じなかったのかと自問する。女たちはソレーヌには理解できない言語ですこし話し合ってから、こちらを向いてうなずく。そして何事もなかったかのように会話をつづける。

ソレーヌは所在なくたたずむ。やった。自己紹介できた。その場を離れ、空いたテーブルへ向かう。このまえのようにロビーのすみではなく、中央に腰を据えよう。そうすればみんなから見える。居場所をつくり、拠点にしなければ、存在をアピールできなければ、とレオナールが言っていた。この手の空言《くうげん》は法律事務所でも耳にした。口頭弁論に説得力をもたせなくては。クライアントにたいする態度がぶれてはいけない。すべて身につけた。だがその経験がここではなんの役にも立たない。裁判所《パレ》から別の会館《パレ》へ場所を変えたら、ルールも様変わり。すべて学びなおさねば。

準備しながら観葉植物のほうを見ると、編み女のきゃしゃな姿。指が敏捷《びんしょう》に動いている。今日は別のセーターを編んでいる――ベビー用カーディガンのようだ。声をかけようか、ソレーヌは迷う。ロビーに入ったとき、女は目をあげもしなかった。無表情でほとんど非人間的。どうも声をかけにくい。茶飲み女たち相手にばつの悪い思いをしたばかりで、また恥ずかしい思いをすることはないだろう。

アプローチするのはやめて腰をおろすと、ロビーの反対側で茶飲み女のひとりが立ちあがる。ソレーヌのまえにやって来て、ポケットからしわくちゃのレシートを出す。完璧なフランス語で説明するには、毎日近所のスーパーで買い物をすると言う。まえの日、レジ係が間違えて二ユーロ高く計算した――ヨーグルトが特売だったのに。混んでいて、レジ係は返金してくれなかった。手紙を書いて店長に抗議したい。

ソレーヌは言葉もなく相手を見つめ、冗談なのかと自問する。この女と茶飲み女たちに試されているのか？　一種のテスト、新米いびり？　二ユーロのために手紙を書く……。

切手や紙、インク代を引いたら、ほとんど何も残らない。

　ソレーヌが言い返そうとした矢先、考えを読みとったかのように居住者が言う――わたしの収入は月に五百五十ユーロ。ここの家賃を払って、ほかの経費もあって、食べる分はあまり残らない。ソレーヌはたじろぐ。冗談などでは全然ない。三文字に集約される状況に平手打ちをくらう。生活保護《RSA》。抽象的な略称がいきなり具体化する。年収六桁のソレーヌには用意ができていない。試されていると考えた自分が恥ずかしくて情けない。これが先行きの不安というもののリアルな姿。新聞紙上でもテレビの画面でもなく、すぐ目のまえにある。小銭入れの二ユーロとなってそこにある。

　ソレーヌは無言でレシートを手に取る。引き受けましょう。コンピュータを出して書きはじめる。


　夜、アパルトマンへ向かいながらあの瞬間を、キーを叩きながら込みあげてきた激しい怒りを思い返す。レジ係は急いでいて計算しなおし返金する手間を取らなかった。考えてみれば、つよく責め立てるほどのことではない。法定最低賃金そこそこの給料で、不安定な条件で働いているのだ。急がなければ、立ちどまってはいられない。二ユーロなんか、茶飲み女なんか、かまってはいられない。

義憤——この感情にソレーヌはとまどう。はじめ、なんなのかわからない。ふいに、怒りがスーパー経営者だけに向けられているのか、わからなくなる。自分にも怒っている。自分の狭い生活と問題に閉じこもり、世のなかがどう回っているか見ていない。腹をすかせながら二ユーロに汲々《きゅうきゅう》としている者もいる。頭ではわかっていたそんな現実をソレーヌは今日、会館でもろに顔面に突きつけられた。

日が暮れた。地下鉄を出たソレーヌはパン屋のまえをとおる。ホームレスの女がいつもの場所にいる。ソレーヌは初めて、歩調をゆるめる。若いホームレスのまえで足をとめ、小銭入れを出し、中身をぜんぶコップに空ける。

7

一九二五年、パリ

ブランシュは十一月の凍《い》てつく寒気のなかへ出ていく。アルバンがとめるのも意に介さずに。彼は力なくため息をつき、食器棚のうえの額に入ったモノクロ写真を眺める。写真が撮られたのは、かれこれ四十年まえの春の昼下がり。ブランシュとアルバンが救世軍の制服姿で寄り添っている。純白のドレスもレースも、モスリンの裳《も》すそもない。ブランシュは制服での結婚式を望んだ。兵士のように。Ｉの字のように直立し、誇りに満ちた目でカメラを見据えている。妻の顔つきを見ながら、変わっていない、とアルバンは思う。長い歳月にも病気にも芯のつよさはいささかも損なわれていない。彼のブランシュは出会ったころのあふれんばかりのエネルギーを、すこしも失っていない。

救世軍に入るや「ちいさな社交家さん」はたちまち幹部の目を惹《ひ》く。熱意と意志のつよさ、企画の才が評価される。貧窮者の立場を擁護するためなら何があっても尻込みしない。にわか記者、街頭歌手、演説家に早替わりする。サンドウィッチ・ウーマンとなって救世軍の機関誌を売り歩く。機関誌には記事を書く。通りでギターを掻《か》き鳴らし、タンバリンを叩く。呼びかけをかさね、現物の寄付を乞う――リネン、衣類、食品、履物。すべて、いますぐ必要なんです！　会議や集会でスピーチをする。通行人をつかまえ、レストランやカフェをわたり歩く。

数年まえグラスゴーで彼女を問いただし、救世軍信徒としての魂に火をつけた「大尉」から、側近として働かないかと誘われる。ブランシュはその幕僚にして秘書となる。二十一歳の誕生日に幕僚長に昇格し、遊説に随行するようになる。彼女の道がアルバンのそれと交わるのは、スイス遊説のおりのこと。

アルバン・ペイロンはまだジュネーヴの士官学校の生徒でしかない。早くから天職に目覚め「Sにかぶれ」た、つまり救世軍に加入したのは十四歳のとき。一八八八年十二月のこの日、同期生と「大尉」の演説会の聴衆となっている。壇上の若い女性将校に目がとまる。上官の演説に聞き入っているブランシュには周りが目に入らない。

アルバンは彼女しか目に入らない。ブランシュはうつくしい、特異なうつくしさ――まだ意識されていない美。その黒髪、浅黒い肌、ハレルヤ帽の下にのぞく鋭いまなざしを見つめる。目立つ帽子は生徒たちの冷やかしの的だが、この日のアルバンには、調和のとれた顔を優美につつんでいるようにみえる。誰？　と隣りの者に訊く。ブランシュ・ルーセル幕僚長、との答えが返ってくる。

ブランシュ。ぼくのブランシュ。

だが、のちに妻となる女性は気づいてくれない。その日も、つづく数日も。移動する先々で会おうと試み失敗に終わる——ブランシュはふり向いてくれない。美青年なのに。長身で金髪、黒い瞳のアルバンは澄んだ声で笑う熱血漢。威勢がよく、乗合馬車の屋上席で声をはりあげて歌い、十八歳の誕生日に父からもらった車輪の大きなヴェロシペード（自転車の前身。多様な型がある）、大二輪《グランビ》（だるま型、ペニー・ファージング型とも称される）で坂を駆けおりる。

あきらめな、と友人が助言する。きみ向きじゃない。将校との婚約を破棄したそうだ。子供も夫もいらない。独身を選んだんだ。

忠告に意気をそがれるどころか、アルバンはよけい好奇心を掻き立てられる。立入禁止の扉に近づくようなもの。ブランシュは何かに心を奪われているようだ。ちょうどいい。自分も同じ。ある晩、会いたい一心で参加した演説会の終わりに、とうとう声をかける。どうしたらまた会えますか？　と胸を高鳴らせて問いかける。驚いた様子のブランシュから、翌日の日暮れに来れば会えるという住所を教えられる。アルバンは顔をほてらせ、その場をあとにする。歌い出したい。これがプライヴェートな面談でなく、出会った人すべてを招待した会合だと知ったときの彼の落胆はいかばかりか。

会合が終わると、いまいましい思いで会場をあとにする。ブランシュが通りで追いつく――傷つけるつもりはなかった。鬼ごっこをして遊ぶ女ではない。ただ彼の熱意には応えられないだけ。人生を救世軍の大義に捧《ささ》げている。何があろうとこの道からそらされない。けっして一家の母、家庭の主婦にはならない。けっして結婚しない。

アルバンはがっかりするが理解する。使命への揺るぎない意志を尊重する。ブランシュからはせめて友人になろうと提案される。

友人ならいる、いや結構。興味はない。

ブランシュは遠ざかっていく彼を見つめる。彼の何かに、無性に心が揺さぶられている。堂々とした体格、風采、笑顔のため？　あの激しい気性の裏にやさしさがあるのがわかる。別の人生、別の世界だったらたぶん違っていただろう。

この人生には、残念ながら彼のための場所はない。

引き返そうとすると、彼が大二輪にまたがろうとしているのが目に入る。立ちすくむ。この手の装置の話は聞いたことがある。走ってアルバンに追いつく。

待って！

相手は驚いてふり返る。ブランシュは装置に近づきしげしげと眺め、質問を浴びせる――

──この二輪車はあなたのもの？　乗りこなせるの？　乗り方はどこで教わった？　前輪を見つめる。べらぼうに大きい。サドルの高さは一・五メートル──よじ登るだけでもひと苦労。すわっていられるようになるには、よほどの訓練が必要だ、とアルバンが説明する。バランスをとるのが難しい。この怪物は不安定で操縦するのは離れ業。ブランシュの瞳がきらめく。公共の交通手段がないから、いつも歩いて移動している。こんな装置があれば移動に便利だろう。どれだけ時間を稼げることか……。救世軍に捧げる貴重な時間。決めた。習いたい。アルバンに先生になってほしい、と説得を試みる。何回かレッスンしてくれるだけでいい。運動神経はいい。十代のころは乗馬にスケート、ボートこぎだってしていたんだから。

なんて変な女の子、とアルバンは思う。それに、なんて意志が固いんだ。こんな装置にまたがるのは女性にふさわしくない、と思いとどまらせようとする。ブランシュは吹き出す。ふさわしいかどうかなんて気にしない。気にしてたら救世軍に入っていない。防寒用ガラス容器のなかの春先のバラじゃあるまいし、とは「大尉」の口癖だ。ヴェロシペードに乗るのが女性のからだによくないという説は聞いている。ティシエ教授は「不妊症誘発装置」だとすら主張している。発表されたばかりの『ヴェロシペード操縦者の健康法』には、習慣的乗用によって「潰瘍、出血、病気と炎症」が「か弱き者」すなわち女性に引き起こされると書いてある。

ブランシュはか弱き者ではない。弱いことになっている性のイメージに自分がかさならない。女性を言いなりになる無能な存在にしておきたがっているだけの御託《ごたく》はたくさん、と彼女は言う。男性同様この装置を乗りこなせるし、それを証明してみせよう。アルバンはうろたえる。この大二輪は危険だと言って聞かせる。ニュースにもなっている――前輪が大きいため猛スピードが出て、事故が多発している。ブランシュが自分より頑固なことはまだ知らない――それは生涯にわたって思い知らされることになる。しまいには言いこめられて譲歩する。

とはいえ問題がひとつ――スカートでペダルはこぎにくい。ズボンが適当だが、女性は着用が禁止されている。良俗に反する性的倒錯と見なされ、法律で禁じられているのだ。警察庁に例外措置を申請しなければならない。アルバンは知らないが、一八八八年末のこの時期、部分的解禁を認める法案が採択されようとしている――女性が自転車のハンドルあるいは馬の手綱をしっかり握るという条件で。ミニ革命が進んでいる、自転車とズボンというかたちをとった解放だ。

わけはない、とブランシュ。着るものなら何か見繕う！　法律も束縛も糞《くそ》くらえ！　待ち合わせが決められる。

翌日、ふたりは町はずれのひと気のない道で落ち合う。谷間にある平らな道は理想的な練習場所だ。ブランシュは乗馬用のチュニック姿。アルバンは彼女がやってくるのを信じられない思いと面白がる気持ち半々で見つめる。ブランシュはあいさつし、ハレルヤ帽を脱いで木の下におく——うっかり汚したくない。進み出ると挑むように大二輪を見つめる。よじ登るのを助けようとアルバンが手をさしだす。ブランシュが握る。この手を生涯、握りつづけることはまだ知らない。この瞬間ふたりのあいだで演じられるのは、自転車のレッスンをはるかに超える——協力関係の始まり、二重奏《デュオ》の誕生だ。

車輪が回り出す。ブランシュはぐらついてなかなかバランスがとれない。自転車に乗ったまま一、二メートル進んで転倒する。アルバンが走り寄る。あわてるにはおよばない。彼女はもう立ちあがっている。ジャケットが破れ、腕を擦《す》りむいても気にしない。また乗ろうとする。一回、二回、三回。ブランシュは転び、そのたびくじけず立ちあがる。乗れるようになりたい。

いずれ乗ってみせる。

この頑固さにアルバンは目をみはる。成果のないまま挑戦すること一時間、ブランシュはついにペダルをこげるようになる。速度をあげ、勝利の叫びをあげる。

自転車に乗ったブランシュは、それまで味わったことのない感覚にとらえられる。はてしない解放感。動き、速度、方向に全責任を負う。こんなふうに人生を進めたい——束縛されず風に髪なびかせて。上からは世界が違って見える。そしてこの日人里離れた道で、知り合ったばかりの青年のそばで世界はいつもよりうつくしく見える。ペダルをこぐ彼女を見ながら、アルバンは確信する——一生をこの奇妙な女性のそばで送りたい。すべてが好きだ。意志の固さ、礼儀作法や世間体にとらわれない自由さ、つよさ、不思議な陽気さ。彼女のすべてを知りたい、すべてを分かち合いたい。

自転車がぐらりとかしぐ。ブランシュは坂道に入り速度をあげる。アルバンは青ざめる——ブレーキのかけ方を教えていない。駆け出して追いつこうとする。装置は猛然と走り出す。ブランシュはようやくブレーキを見つけ、むんずとつかむ。とたんに車輪はブロックされ、若い将校はまえに投げ出される。空中できれいに半回転したあと地面に仰向けに落下する。

太陽。

こうしてアルバンの人生にブランシュが登場する。

アルバンは半狂乱で駆けつける。自分を責める。こんな危ない装置に乗らせるべきではなかった……。ブランシュはあざだらけ、チュニックは破れているが骨はどこも折っていない。腕をさしのべ礼を言われる——今日ほど自由な気分を味わったのは初めて。

アルバンは声もない。まもなくブランシュは行ってしまう。ハレルヤ帽をかぶって去っていく。ジュネーヴでのミッションは終わり、明日は列車でパリに発つ。ふたりの関係はここで、この土の道でとまる、始まってもいないのに。どうしたら引きとめられるかわからない。言いたいことがたくさんあるのに出てこない。告白したい、彼女と一緒にいる自分が目に浮かぶ、一年後、十年後、二十年後も。そばに寄り添う伴侶でありたい。閉じこめようなどとせず、彼女の自由を、戦いを尊重する。そればかりか、ともに分かち合う。一緒に大きなことをやろう、壮大なプロジェクトを成し遂げよう。自分は十九歳でしかなく人生を何も知らないけれど、これだけはわかる——彼女と一緒にいたい、いま、そしてこの世にあるかぎり。


頭のなかで言葉がぶつかり合って渦を巻くが出てこない。ブランシュがもう遠ざかっていく。だから、あとを追って突進し、叫んだひと言は考えていなかった言葉。

結婚してください！

若い女は驚いた顔でふり返る。聞き違いだろうか。アルバンはもういちど言う、大胆さに自分でも驚いている。

結婚してください。

ブランシュが信じられないという顔でまじまじ見る。どうも冗談ではなさそうだ。実際、アルバンは生まれてこのかた、これほど真剣だったことはない。一歩進み、話し出す――すべてが自分にぴったりなのだ。彼女の考え、主張、大義が優先で自分は二の次、彼自身も二の次、賛成だ。この結婚は牢獄でも隷属でもなく、協力関係。ブランシュはけっして服従する女にも家庭にとどまる母にもならず、ともに戦う闘士になる。たんなる夫婦ではなく戦友、兵士、盟友になろう。

この日、指輪も白手袋もなく捧げられるのはただ結束の誓いだけ、それは結婚を超える――人生をかけたプロジェクト。手に手を取って乗り越える道、ふたりが選んだ大義のために歩む道。もちろん障害はあるだろう。失望も幻滅もあるだろう。諍《いさか》いや対立も。だが勝利もある。確信がある。自分と同じくブランシュは激しい気性の持ち主。燃えたぎっている。ふたりならもっとつよくなれる。ひとりではできることにもかぎりがある。

アルバンは一気にまくしたてる。訴えにブランシュは胸を打たれる。この瞬間、誰にも見出したことのないものを彼に感じる。この人はわたしみたい、わたしたちは似た者同士。出会ったばかりのこの人はわたしの分身、魂の友にめぐり合えた、と黄昏《たそがれ》のひと気のない道で悟る。

そうとなれば話は早い。熟考しない。独身をとおす誓いもエヴァンジェリーヌとの約束も忘れ、ブランシュの口をついて言葉が出る、すべてを一変させることになるひと言——

いいよ。

同じ道をふたりで歩こう。

同じ闘争に身を投じよう。

親友、相棒、協力者になろう。

生涯、一緒に戦いつづける。

そうしたい。

前進だ！

一八九一年四月三十日、ブランシュはアルバンと結婚、セレモニーはふたりで準備した。タンバリンの音で救世軍の仲間に迎えられる。フランス国歌《ラ・マルセイエーズ》が響きわたる。誓いを交わすふたりの頭上で、救世軍の血と火の旗がひるがえる。

結束は四十二年つづくことになる。アルバンがあの日、土の道でブランシュにした約束が裏切られることはないだろう。この結婚は不断の協力関係となるだろう。

一九二五年十一月の今夜、ブランシュは五十八歳。雪の降るパリの路地を遠ざかっていく妻を眺めながら、いまも意欲あふれる自由な女性、大二輪の高いサドルに乗った頑固な若い将校のままだ、とアルバンは思う。あの強情さは天分、それが彼女をまえへまえへと突き動かす。

ブランシュは病気だが生きている。

それに、まだ成し遂げるべき大きなプロジェクトがある。

8

現代、パリ

ソレーヌはスマートフォンの画面に没頭し、地下鉄の駅が流れていくのも目に入らない。読んでいた記事のタイトルは「女性と先行きの不安」。最近、身近な問題として関心をもつようになっている。調査がしめす事実は深刻だ——貧困に陥って生活保護を受けるのは、まず女性である。貧困労働者の七〇パーセントが女性。フードバンク利用者の過半数はひとり身の母親。この数値は年々上昇し、過去四年で倍増した。子連れ女性の施設への入所申請は急激な増加傾向にある。

ソレーヌは愕然《がくぜん》として顔をあげる。ちょうど地下鉄がシャロンヌ駅にとまる。降りる駅だ。あわててホームに出て地上にあがる。スーパーの軒先を歩きながら、茶飲み女のために書いた手紙のことを考える。次の木曜、会館へ行くと女は茶飲み仲間といつもの場所にいた。ソレーヌが入っていくと立ちあがり、歩み寄ってきて、ただこう言った――返金してもらった。

ソレーヌはこの勝利に微笑んだ。はかりしれなくも取るに足らない勝利。ニューロのかかった勝利、これに胸を熱くする。彼女のなかにちいさな炎がともった。勝訴にもち込んだ数々の訴訟、ラグビー場のボールのように争っていた莫大《ばくだい》な額の金のことを考える。クライアントがため込んでいた巨万の富を、法律事務所が請求していた途方もない弁護料を、招待されたパーティー、特別な場所でシャンパンがふんだんにふるまわれたパーティーのことを考える。勝利ならずいぶん祝ってきたが、どれも心底よろこびを感じていなかった。距離をおき、無感動によろこびの外側にいた。こっちの勝利でおぼえた感情は違う。なすべきことをした実感。いるべきときに、いるべき場所にいる。

女はありがとうと言わなかった。ただ、カップに茶を注ぎ、腰をおろしたばかりのソレーヌのまえにおいた。

ロビーの中央で、ソレーヌは熱く甘い液体をすすりながら、ひそかにニューロの返還を祝った。お茶は、これまで飲んだシャンパンぜんぶにまさるとも劣らないおいしさ。ひと口ごとに味わった。

初めて会館の敷居をまたいでから一か月。だんだん勝手がわかってきたところだ。レオナールの言ったとおり――女性たちは警戒する、なじんでもらわなければ。手をこまねいて待っていてはいけない。ソレーヌは自分で出張サービスのお知らせを印刷し、エントランスホールに貼り出した。

この日、茶飲み女たちからあいさつされた。編み女は目をあげない――逆だったらむしろ驚きだ。荷物女は片すみで身をちぢめて眠っている。いまや定位置となったテーブルからふと見ると、向こうからセルビア女が語るに忍びないあのカートを引いてやって来る。青ざめる。またあの苦行に取りくむ用意はできていない。もっと重要な仕事がある、すくなくともあってほしいと思っている。編み女が鉢植えの陰に隠れるように、コンピュータの画面の陰に隠れようとする。手遅れ、見つかってしまった。まっすぐやって来て勧められもせず椅子にかける。ソレーヌはつとめていい顔をしようとする。如才《じょさい》なく、今日は読む時間が取れないのだと説明する。本来、書くために来ている。そう、代書人なのだ――この言葉がいまだ口になじまず、すんなり出てこない。こう名のるのを後ろめたく感じているかのよう。セルビア女はうなずく。書く、それもいい。ちょうど手紙が必要なんだ。エリザベスへの手紙、と明かす。だけど住所がない。

やれやれ。またひどい目にあう……。セルビア女のくだらない用事に時間を取られてしまう。ソレーヌは時間をもっと有効につかいたい。とはいえ、話を打ち切ることもできない……。

知り合いか、お友達ですか？　と尋ねる。セルビア女は首を横にふる。違う、エ、リ、ザ、ベ、スだよ。エリザベス二世、イギリスの。サインが欲しい。いくつもあるけど、あの人のは持っていない。

ソレーヌは啞然《あぜん》として言葉を失う。何も持たず施設に住むこの女性、館長の話では戦争と暴力と売春で踏みにじられ過酷な人生を送ってきたこの女性、その唯一の願いがサインした紙切れだなんて。

ソレーヌはどう対処していいかわからない。要望に驚きつつ当惑している。セルビア女は頭がおかしいようにはみえない。ただ、試練から身を守るために築いた自分だけの世界に閉じこもっているように見えるだけ。

ソレーヌは言ってやりたい。そんなことしたって無駄、イギリス女王は応じてくれっこない。住んでいるのは宮殿《パレ》、ここはかけ離れた本物の宮殿なのだ。女王が生まれた世界では、子供が母のまえでずたずたに爆撃されたりしない。女性が十人の兵士にレイプされ、売春組織に売りわたされたりはしない。彼女の不幸も人生も、カートと一緒にどこにでも引きずって歩くその痛めつけられたからだも、エリザベスの知ったことではない。このようなことをすべて言ってやりたい、けれど言わない。

まあ、いいか？　イギリス女王への手紙。パンフレットや広告を二時間読まされるより、よほどいい。ソレーヌはＭａｃＢｏｏｋを起動させ、キーを叩きはじめる。

スヴェタナ《Cvetana》さんへ、ってね、セルビア女が注文をつける。Ｃで始まるから。

ソレーヌはどう書き出したらいいかわからない。「親愛なるエリザベス女王様……」。なれなれしすぎないか？　消去し書きなおす。「尊顔麗《うるわ》しき女王陛下？」。正式な表現を知らない。十五年の弁護士業で敬語表現はあらかたマスターしたが、これはわからない。王室儀礼には明るくない。畏《かしこ》きあたりの顔ぶれを拝める番組をもっと見ておくんだった、と皮肉に考える。しばしインターネットで検索したあと、シンプルに行こうと決める。仰々しい文言、「粛啓《しゅくけい》」だの「謹白」だのは脇におく。バッキンガム的ではあっても女性会館の柄ではない。

ソレーヌは手紙を書き終え声に出して読む。スヴェタナは首を横にふる。だめだ。英語で書かないと。

ソレーヌは固まって、しゅんとする。もっともな指摘だ。イギリス女王には英語、言うまでもない。

三十がらみの女性がこのときロビーに躍り込んでくる。ソレーヌが初めて会館に来た日、館長を呼びとめた住人だ。ものすごい剣幕で茶飲み女たちに詰め寄ってわめき出す。むかつくんだ、あんたらタタは、三階のキッチンの電熱器またぶっ壊しやがって、自分の家のつもり?! もう我慢も限界、夜なかまでうるさい、人が寝てんだ、ていうか、寝ようとしてんだ、それに廊下にベビーカー放置すんな、こんど見たらeBayで売ってやる、すくなくとも金にはなる! 編み女が編み棒から無表情な顔をあげ、荷物女ははっと目を覚ます。静かにしてよ、と文句を言う。若い女はくってかかる。そっちこそ、そこでなに寝てる? 公共のスペースだろ、自分の部屋もベッドもあるくせに、ベンチで寝たきゃ、また路上に帰れって、そしたらほんとに必要な人に部屋が空く! 荷物女はいきり立ち、負けずに声をはりあげる。あんたに路上の何がわかる、路上にケツひきずったことがあんのかい! こっちのケツは知りつくしてる、しかも、あんたよりよっぽどいいケツしてんだ! まさか、比べる?! これに荷物女がやり返す。あんた何回レイプされた? 茶飲み女たちが割って入ろうとする。言い争いはいよいよエスカレートし、いまにも取っ組み合いになりそうな勢いだ。

ソレーヌは書く手をとめて呆気《あっけ》にとられている。目のまえのスヴェタナは肩をすくめ、慣れっこらしい。あれがシンシア。怒ってる。いつも怒ってるの、シンシアは。受付女性が来て仲裁に入る。シンシアに落ち着くようさとす。すでに面会を一か月保留されている。また騒ぎを起こしたら、さらに罰が科されるだろう。シンシアはタタと荷物女に棄《す》てぜりふを吐いてから行ってしまう。

広いロビーに静けさがもどる。ふと見ると、スヴェタナがいない。手紙ができるのを待たずにカートと一緒に消えてしまった。ソレーヌは書いたばかりの英語の手紙を見つめる。どうしよう？　棄てる？　投函《とうかん》する？　この次まで取っておく？

シンシアの闖入《ちんにゅう》でロビーには気まずい雰囲気が漂い、編み女は荷物をまとめ、荷物女も御輿《みこし》をあげる。茶飲み女たちも席を立つ。帰る時刻だ。ソレーヌが手紙をバッグにしまってコートをはおると、グミキャンディーの少女がいる。母親と帰ってきたところで、クマ型のチョコレートがけマシュマロを食べている。前回のように近寄ってきた少女に、袋から取り出したクマをさしだされる。ソレーヌはお菓子を受け取り、話しかけてみる――お名前は？　少女は答えない。その場を離れ階段へと姿を消す。

こんなことにいったいなんの意味があるのか？　ソレーヌにはわからない。この場所も、深く知り合うことなく顔を合わせる女性たちもつかみどころがない。行動も考えも、読み解く鍵がなく取扱説明書もない。けれど、ここにゆっくりと自分の場所ができつつあるのを感じている。

レオナールの言ったとおりだった、と会館をあとにしながら考える。時間がかかる。

9

今朝、起こった。何年も恐れていたこと。いつかこうなる、鉢合わせする、とわかっていた。彼がこの界隈《かいわい》に越してきた、と共通の友人から聞いていた。

ジェレミー、最愛の人、未練を断ち切れない人。

昼まえ、エリザベスへの手紙を投函《とうかん》するため外に出た。考えたあと、せっかく書いたのだから出すことにした。とにかく自分で書いて翻訳したのだ。それにセルビア女が夢を見たっていいではないか。人生に何もかも奪われたって、これだけは残っている。期待する権利、王族のサインを蒐集《しゅうしゅう》し夢想に耽《ふけ》る権利。その試みを無駄と決めつけるなんて、自分を何様と思っていたのだろう？　ささやかなカムフラージュ、ささやかなバッキンガムを傷だらけの人生に、砂糖を不味《まず》いコーヒーに入れるようなもの。不味いままでも我慢しやすくなる。

ソレーヌは封筒に宛て先を書いて微笑んだ——「イギリス、ロンドン、バッキンガム宮殿、エリザベス二世様」。裏面に女性会館の住所を記した。そのときになってスヴェタナの苗字を知らないことに気がついた。自分の苗字を添えた。奇跡が起こって返事が来たら、受付の職員にわたしてもらえる。

郵便ポストの「他県、外国」の口に封書を入れるソレーヌに、引きつり笑いが込みあげる。まったく割に合わない。法学部での学業、司法試験、長年にわたる法律事務所勤務、あげくのはてに燃え尽き症候群とセラピーでいったい何をやっているんだか。人生、皮肉がきつすぎる。


引き返そうとして、道路の反対側に目がとまる。ジェレミー。若い女性と二歳児を連れている。ソレーヌは身を硬くする。動悸《どうき》が激しくなって手が震える。その場に立ちすくむ。人里離れた夜道でヘッドライトにとらえられた仔鹿のよう。

ジェレミーは気づかない。息子のおしゃぶりが落ちて、拾っている。ソレーヌは男の子を観察する——父親に瓜ふたつ。父親の別ヴァージョン、爽《さわ》やかで、生き生きして、憎たらしいほど元気なヴァージョン。抱きしめてキスしたくなるヴァージョン。

子供はいらない、身を固めたくない、と言っていた。その選択をソレーヌは受け入れた。同棲はせず、会うときはすばらしい時間をすごした。一緒にロンドン、ニューヨーク、ベルリンへ旅行し、現代美術の展覧会をはしごし、最高のレストランで食事をした。そんな生活が合っていた――すくなくとも、そう納得しているつもりだった。

他人の幸福とは残酷なもの。情け容赦《ようしゃ》ない鏡となる。ソレーヌは自分の孤独を思い知らされる。いらないと言っていた子供を、彼は別の女性とつくった。これが真実。二歳児はあの言葉の撤回どころか裏切りだ。この瞬間ソレーヌは、妊娠したこともない子供や素直に欲しいと言えなかったものすべてを奪い取られたような気がする。愛されようとして、期待どおりの人間になっていた。他人の欲求に合わせ、自分のそれは棄《す》ててきた。そうするうち自分を見失った。路上でジェレミーをまえに、これまでの人生が早まわしで流れていく、まるで自分抜きで演じられた映画のように。あれがわたしでもおかしくなかった、と思う。彼と並んで歩くのも、落ちたおしゃぶりを拾うのも。だめ、もうキャンディーはおしまい、と言うわたし。くしゃくしゃになった髪をなでるわたし。

傷がぱっくり口をあけている。ソレーヌはばりばり仕事をし法律事務所で昇格し、傷はふさげたと思っていた。間違っていた。鎮痛剤と軟膏《なんこう》のかいもなく、傷はふさがっていなかった。

「ときとともに、すべてはすぎる」と古い歌にある。

すべてはすぎても、これは別。どうしてもあきらめきれない喪失がある。ジェレミーもそうだ。

ソレーヌは凍えきって帰宅する。ジェレミーのアパルトマンを想像する。陽気に散らかって、おもちゃと子供の泣き声、哺乳瓶やくだけたビスケットであふれ返る。叫びたい。ベッドに倒れて一日泣いていたい。

奇跡的に木曜だ。会館へ行く日。出張サービスに救われる。まだ時間ではないけれど、かまわない。早めに行こう。ここで無駄にした人生を眺めずにすむなら、なんだっていい。そそくさとアパルトマンを出る。逃げる。途中、パン屋のまえでホームレスにコインを一枚おいて、地下鉄口へ駆け込む。何も考えず他人の身のうえにのめり込む、かつて訴訟にのめり込んでいたように。一時しのぎ、それはわかっている。だが、ほかにしがみつけるものが何もない。

会館の通りまで来て、ソレーヌは歩調をゆるめる。前方のアスファルトに編み女がすわっている。まえに広げた布に作品が並べられている、大人用と子供用のセーター、ベビー用室内履き、カーディガン、手袋、マフラー、帽子。ソレーヌはためらう。気になって近づいてみる。カップルがニットを眺めている。それぞれに値段がついている。ばかみたいに安い。あってないような値段。室内履きが十ユーロ、ヴェストは二十ユーロ。どの作品も丁寧に丹誠こめてつくられた見事な出来ばえ。ソレーヌは思わず、デパートならいくらするか想像する——五倍から十倍はするはず。このセーターは芸術品。すばらしい腕まえ。なんという才能の安売り、なんてもったいない。

遠巻きに眺める。カップルが室内履きの値段を交渉しはじめる。半額にしてくれと言う。編み女は手もなく押し切られそうだ。五ユーロ。手づくりの室内履きに五ユーロ。毛糸代にもならない。根気よく丹念におこなわれた何時間もの労働に五ユーロ。ソレーヌは真っ赤になる。怒りが込みあげる。茶飲み女の手紙を書きながら感じたあの怒り。頭に血がのぼる。口を出すつもりはなかったが黙っていられない。カップルに声をかける。値切って恥ずかしくない？　高級な街の店ならどこだってその十倍はする。この室内履きはすばらしい出来ばえ、毛糸は柔らかく光沢のある上級品。これは十ユーロ、買うの買わないの！　カップルは呆気《あっけ》にとられてソレーヌの顔を見つめ、編み女も同様に、どんな筋合いで首を突っ込んでくるのか不審がっているようだ。客は室内履きをおいて、気を悪くして何も買わずに去っていく。

ソレーヌは愕然《がくぜん》として歩道に立ちつくす。編み女ににらまれる。何も言われない——目が語っている。ソレーヌはしどろもどろで弁解する。自分でもどうしてしまったのかわからない。五ユーロを稼ぎそこなわせた。その五ユーロの重みをいまは知っている。困惑したまま立ち去ろうとして思いつく。小銭入れを取り出し、室内履きを買います、と告げる。驚いた編み女からのぞき込まれる。ソレーヌは手作りのニットを受け取って札をさしだす。

会館へ向かいながら、ソレーヌはジェレミーのこと、胎内に宿すことのなかった子供のことを考える。買ったばかりの室内履きのことを考える。まさにやりそこなった行為。

十センチ、と編み女に言われた。新生児用サイズ。

10

時間より早く姿をあらわした彼女に、受付の職員は意外な顔をする。ソレーヌは、今日は早めに来ました、とだけ告げる。もちろん、ジェレミーのことも子供のことも、彼らを見て襲われたショックについても黙っている。打ちのめされたことも足もとに口をひらいた深淵《しんえん》のことも言わない。編み女からベビー用室内履きを買ってきた、とも言わない。

ちょうどよかった、と職員が答える。会いたいという人がいるんです。ソレーヌはきょとんとする。声がかかるのも、誰かがわざわざ訪ねてくるのも初めてだ。ついてる。今日は本当に誰かの役に立つ必要がある。

職員はロビーに腰をかけている女性をさす。グミキャンディーの少女の母親だ。子供の姿はなく、ひとりだ。この時間、ロビーはひっそりしている。茶飲み女たちはまだ来ていない。荷物女や、いきり立ったシンシアの姿もない。ソレーヌは進み出る。わたしを探していらしたそうですね、と思いきって声をかける。女性は我に返る。手紙を書いてくださるそうですが。一通、故郷《くに》の息子に送りたいんです。ソレーヌはうなずいて隣りに腰をおろす。間近で見る顔は娘とそっくり。同じ編み髪に同じ強力なまなざし。悲しげなところも超然と生きているあの風情も同じだ。

いまや習慣となった手順でソレーヌはテーブルにコンピュータと、持参するようになった小型プリンタ――軽くて携帯に便利――を出す。ＭａｃＢｏｏｋを起動させる。準備がととのい、いつでもキーを叩けるように居住者からの合図を待つ。

だが相手は黙っている。どこから始めていいかわからないようだ。動揺し途方にくれているようにみえる。ソレーヌはどう助け舟を出していいかわからない。経験が足りない――エリザベスへの手紙とスーパーマーケットへの書簡という足慣らししかしていない。息子に手紙を書くのはイギリス女王に書くよりずっと難しいのだろう。仕方なく少年の名前を尋ねてみる。

カリドゥー、と女性が答える。

その名を口にすると目がぱっと明るくなり、同時に悲しみに翳《かげ》る。その瞳には愛がある。喪失がある。越境がある。ここにいたるまでの長い旅がある。故郷に残した人がいる。とりわけカリドゥー、我が子、愛する息子がいる。一緒に連れてこられなかった息子。毎晩、頭のなかで抱きしめる息子。いつの日か、息子に許してもらえるのか自問している。家を出たわけを説明したい。どうして妹のスメヤを連れていき、彼をおいてきたのか。祖国ギニアで少女たちに何がおこなわれているかを語りたい。いまでも憶えている。四歳になった日、どこかへ連れていかれ脚を押さえつけられた。激痛に身を裂かれて気を失ったあの痛みを憶えている。痛みは婚礼の晩呼び覚まされ、出産のたびよみがえる。終わりのない罰のよう。先祖代々はてしなく繰り返される、おぞましさの極み。女性性にたいする犯罪。

スメヤにはさせたくなかった。
いいや、あんまりだ。スメヤにはさせない。

とはいえ、避けられないとわかっていた。ギニアでは女性のほぼすべてが切除される。ラジオで数値を聞いたことがある——女性の九六パーセント。学校に行っていないが、どういうことかはわかる。つまり母と姉妹、近所の女、従姉妹、女友達ぜんぶ、ということ。つまり町の女全員、知っている女は全員ということ。

つまりスメヤも。

夫に懇願しても無駄だった。決めるのは夫でなく、夫の家族だとは知っている。仕方がない、もう手遅れだ、と告げられる。儀式の段取りはついている。しきたりどおり父方の祖母がこの務めを執行する。

女性はスメヤを救うため、逃げる決心をした。女友達がたどるべき道を教えてくれた。子供ひとりなら連れていける、ふたりでは成功しない、と言われた。だから選んだ。人生最大の痛ましい選択、身を引き裂かれる選択をした。必要不可欠な、正気の沙汰ではない選択。この選択に永遠にさいなまれる。

会館に来たのは一年まえ、何か月にもわたる疲労困憊《こんぱい》の旅のすえ。スメヤは助かった。一方、女性の人生はそこでとまった。体験したことから立ちなおれはしない。自分自身の一部が切り取られている。文字どおりの意味でも比喩的な意味でも。アフリカと会館のあいだで心がまっぷたつに引き裂かれている。

耳を傾けるソレーヌは言葉もなく、心を揺さぶられている。こんな話を聞いたあとで、何が言えよう？　瞳ににじむ苦悩がいまはわかる。まるで苦難の道でかつぐ十字架のように一身に背負う千年の悲しみ。先祖代々の非人間的な伝統、永続する伝統の名のもとに、肉体を切除され痛めつけられてきた無数の女性たちの悲しみ。
娘を待ちうける運命から逃れてきた者が、会館にはすくなくない。出身国のエジプト、スーダン、ナイジェリア、マリ、エチオピア、ソマリアではこの慣習がいまだにおこなわれている。ソレーヌはあの少女を思う。母親に救われたことも知らずロビーをとおりながら食べているグミキャンディーのことを思う。女性は繰り返される地獄の苦しみに終止符を打ち、鎖を断ち切った。スメヤを解放し、その子孫となるであろう女たちを解放した。もうけっして、このあとの世代に苦しみをなめさせはしない。女性の名はビンタ、だがここではみんなからタタと呼ばれる。タタ、アフリカ人女性はみなこう呼ばれる。頼もしく母性的な呼び名。

タタは顔をあげ、ソレーヌを見る。待っている。さっきまで知り合いではなかった。いまソレーヌはビンタの過去を託されている。なのに、これをどうしていいかわからない。カリドゥーに何をつたえる？　どんな言葉でつたえる？　あまりに無力な言葉たち、これほどの苦しみをまえになす術もない憐《あわ》れな言葉たち。この人から人生を託された、秘密、悪夢、重荷をおろすように。そして希望に満ちた目で、自分の身のうえにソレーヌがあてくれる言葉を待っている。

書いてください。息子につたえてください、ごめんなさい、と。

そのとき、まさにその瞬間ソレーヌは感じる――堰《せき》が決壊する。抑えようのない感情の波が押し寄せる。ビンタをまえにわっと泣き出す、というより泣き崩れる。たんなる涙ではない、それどころの騒ぎではない。この涙にはジェレミーがいる、彼と永遠にもつことのない赤ん坊がいる、なぜか買ってしまった室内履きがある。タタの苦しみがある、冒瀆《ぼうとく》された四歳のタタが、グミキャンディーの少女が、ギニアに残るカリドゥーがいる。そればかりではない、もう抑えようも隠しようもない悲しみがある。いまそれを吐き出さなければ。頭から、からだじゅうから出しつくさなければ。

恥ずかしい、恥ずかしくてたまらない――人まえで、地獄を体験したこの人のまえで泣くなんて。女性は母親がするように抱きしめ慰めてくれる。泣きな、と言われる。泣きたいだけ泣きな、すっきりするから。だからソレーヌはもう我慢しない、痛みを流し出す。ただひたすらタタの肩に流れ出る悲しみとなる。その腕に抱かれ、おさない少女になる。カリドゥーに、スメヤに、母をひとり占めする子供になる。

こんなふうに泣き崩れたのは初めてだ。人まえで取り乱したことなどない。ジェレミー

から別れを告げられたときは黙っていた。信じられないという顔をしてみせ、そのあとい
く晩も泣き明かした、こっそりと。

だがここでは違う。今日は違う。ソレーヌはビンタの腕に身をまかす。不思議なことに、誰かにこんなに深く理解され、受け入れられたのは初めてのような気がする。知らない者同士だったのに親《ちか》しい。この瞬間どこまでも親しい。話さずわかり合える姉妹。何も言わず、ただ抱き合ってこの瞬間を分かち合う。

茶飲み女たちがやって来る。びっくりしてソレーヌの顔を見る。何があったのか尋ねる。ビンタはしぐさで離れるよう合図する、子を守る雌狼のように。そっとしといてあげて。

そのうちのひとり——ニューロの女——がお茶を、別の者がティッシュペーパーの箱を取りにいく。ソレーヌは徐々に落ち着きを取りもどす。目が赤く腫れあがっている。なんて皮肉——困窮女性向け施設で弁護士が涙にくれる。しかも女性たちの支援に来ているはずなのに……。

なんと言われようと、どう見えようと仕方がない。ふいにソレーヌは長いあいだ背負っていた重荷、重すぎる鎧《よろい》から解き放たれた気がする。この広いロビーで、ビンタの足もと

に荷をおろしたかのよう。身軽になり、気が楽になっている。

ソレーヌは気を取りなおし、ティッシュペーパーで盛大に洟《はな》をかんで、お茶をごくごく飲む。その間ビンタはタタたちと額をあつめる。このまま放っとけない、と囁《ささや》く。しばし話し合ってから、ビンタがソレーヌのまえに来て確定判決を下す。

一緒においで。ズンバに連れてくから。

11

一九二五年、パリ

ブランシュはメリヤス編みのジャケットで身震いする。アルバンの言ったとおり、十一月の今夜、外は凍《い》てつくようだ。冷気がブーツの革もコートのウールも貫いて入ってくる。からだにもナイフのように深々と突き刺さる。ブランシュの足はもう感覚がなく、手はかじかんでいる。指もうまく動かせない。けれど、もちこたえねば。今夜は「真夜なかの無料給食」に同行する――飢えと寒さにたいする新たなキャンペーンをアルバンと立ちあげたところだ。給食配布の初日には立ち会いたい。

こんばんは、本営長。女性将校からあいさつされる。

本営長。ブランシュはこう呼ばれるのにまだ慣れていない。どんなかたちであれ個人的野心にかられて行動したことはない、が、この肩書が誇らしくないと言ったら嘘になる。救世軍の国レベルでの最高位。アルバンと一緒に任命された。肩書も責任も、ほかのこともすべてふたりで分かち合う。一心同体であるかのように区別なく「ペイロン組」と呼ばれるようになったふたりが、階級の頂点、救世軍のトップにのぼりつめた。

道のりは長く困難だった。ブランシュとアルバンの結婚から数年間、救世軍組織は過酷な苦境に見舞われた。資金不足のため解散の憂き目にすらあうところだった。各地で支部が閉鎖された。フランスの都市も田舎も、イギリス人宣教師のプロジェクトを受け入れようとしなかった。その筆頭がパリ。ブランシュがこよなく愛するパリだというのに。なじみがなかったパリ、それでも街をかたちづくる石の一つひとつに奇妙な懐かしさをおぼえるパリだというのに。これまで赴いたあらゆる戦場のなかで、パリは彼女好みの戦場だ。圧倒的な貧富の差が存在する戦場。貧しい者が容赦《ようしゃ》なく押しつぶされる戦場。パリは人生をかけた戦いの場となるだろう。

この時期、ブランシュは六人の子供を出産する。誓いどおり救世軍での闘争はつづけ、地方や外国で募金活動をかさね、ろくに眠らず健康もかえりみない。ほとんどいつも妊娠中で、ときには講演会をやむなく中断、分娩《ぶんべん》してから前線へ舞いもどる。

一方、アルバンはかつて約束したとおり、忠実で献身的な相棒だ。ブランシュと交代で子供の世話をし、それぞれが仕事に励めるようにする。ときとともに、ふたりの合奏《デュオ》には磨きがかかる。まるで互いの音に合わせて調律される楽器のよう、同調しながら前進する自転車の前輪と後輪のよう。

ついに努力は報われる。長年におよぶ窮乏状態と低迷のあと、救世軍はめざましい躍進を遂げる。ペイロン体制のもと、大建設と野心的プロジェクトの時代が幕をあける。ブランシュとアルバンはパリのゴブラン街にホームレス男性向け宿泊所「人民会館《パレ・デュ・プップル》」、女性向けには「フォンテーヌ＝オ＝ロワ避難所」を創設する。ふたりの推進で地方にも宿泊所や施設が続々と開設される。リヨン、ニーム、ミュルーズ、ル・アーヴル、ヴァランシエンヌ、マルセイユ、リール、メッス、ランス……。ふたりが発案した「貧民簞笥《だんす》」は家具や衣類を配給し、「真夜なかの無料給食」の大鍋はパリの路地を巡回し、貧窮者に食事を提供する。

今夜、リヤカーに固定された巨大な保温鍋の周りには、おおぜいの人がひしめいている。寒いなか並んで待つ一杯のスープが、人によってはその日ありつける唯一の食事だ。救世軍の将校たちが毛布やパンのかごを回す。スープ二百食が二百の胃に落ちる。すくなすぎる、とブランシュはわかっている。飢えに苦しむ者は何千人もいる。金がないんです、と囁《ささや》いて、宿無しがさしだされたスープ鉢を拒む。スープは売っているんじゃありません、さしあげているんです、と答え、ブランシュは紫がかった指に息を吐きかける。

たまの通行人はそそくさと家路を急ぐ。足をとめない。貧困は人をたじろがせ、尻込みさせ、怖気《おぞけ》をふるわせる。もうすぐ零時。じきに通りは再び賑《にぎ》わう。劇場やキャバレーから吐き出された観客たちが、居心地のいい我が家へ帰っていく。そう思うとブランシュの胸はしめつけられる。身を寄せる場所もベッドもなく街をさまよう五千人のホームレスのことは、いったい誰が気に懸けるのか？

夜のパリはブランシュの庭。コンコルド広場やシャンゼリゼ大通りの観光名所のイメージとはかけ離れた、真の相貌をあらわす首都を闊歩《かっぽ》する。ビエーヴル通り、トロワポルト通り、フレデリック＝ソートン通りをたどり、モベール広場に軒を連ねるカフェに入る。なかでは男女が何十人もすわったまま、腕を組み首をたれて眠っている。ワインでからだが温まって人心地ついたのだ。ブランシュは密集し個々の見分けもつかない人間の塊のなかへ分け入る。いつ見てもこの光景に胸がつまる。慣れっこになる者もいる——彼女はそうではない。次に向かうのはノートルダム大聖堂周辺の橋々、セーヌ河右岸、中央市場界《かい》隈《わい》の狭く暗い路地。「パリの胃袋」が内包する怪しげな暗がりでは汚濁《おだく》と寒さにまみれ不幸がおりかさなっている。

むかしと変わらず共感《エンパシー》がある。共感を失ったことはない。ブランシュは共鳴箱となって他者の苦しみにひらかれる。それは彼女のなかに響きわたって増幅する。本営長は外で寝る者がいると知りながらベッドでぬくぬくと眠れない。寒さに凍える者がいれば、自分も身を震わせる。

とりわけ女性たちのことが気懸かりだ。路地の姉妹、イギリス人に言わせればスラム・シスターズ。誰を見ても自分の姿がかさなる。自分自身の別ヴァージョン、人生に冷遇されたヴァージョンが見える。修復したい壊れた壺。

入隊直後の若い将校にすぎなかったころ、ヴィレット大通りで見かけた売春婦のことをいまでも思い出す。ベンチにすわって破れた服で泣いていた。ブランシュはいたたまれず歩み寄り、とっさに抱きしめた。さしだせるのは抱擁しかなかった。わたしがそばにいるとしめす、ささやかでも絶大な行為。

ブランシュは彼女たちのそばにいる。凍てつく夜に巡回をつづけ、ホームレスを訪ねてまわる。ようやく朝方、咳《せ》き込みながら疲れきって帰ったら、アルバンは怒るだろう。かまわない。自分がいるべき場所はここ、ベッドのなかではない。無料給食の隊列が十三区の貧困で見る影もない場末でとまる。掘っ建て小屋にブランシュが近寄ると突然、泣き声が闇に響く。身震いする。子供を六人産んだ彼女には、それが生まれたての赤ん坊の声とわかる。生後一か月にもなっていないはず。ダンボールやトタン板のあいだを掻《か》き分けていくと、地面におかれたマットのうえで寒さに凍えるちいさなからだが目に入る。若い母親がそばにいる。青い顔でげっそり痩せている。出産してから外で寝ている、と咳《せき》をしながら打ち明けられる。ブランシュは赤ん坊を抱いて温める。大至急、病院に行かなくては。行ってきたところだ、と若い母。行ったけれど、空きがなかった。

ブランシュはフォンテーヌ＝オ＝ロワの収容センターへ連れていくことにする。数年前、アルバンとともに創設した女性向け宿泊所だ。袋小路にある施設は暖房が効き、提供されるベッドは二百床。身を寄せる女性たちは店員、行商人、新聞の売り子、身寄りのない工場労働者、失業中の召使い、首都の蜃気楼《しんきろう》に引き寄せられてパリに出てきた地方出身者。誰もが住宅危機の煽《あお》りを受けて冷たい石畳に吐き出される。

ブランシュと若い母親が収容センターのまえに着くと、満床の貼り紙――殺到してきた人で避難所はたちまち満杯、と責任者の救世軍隊長が言う。毎晩おおぜいの女性に入所を断るはめになる。昨日は二百十五人。同じような施設があと二、三軒なくては全員収容できない。若い母親は蒼白《そうはく》になり赤ん坊はまた泣きはじめる。路上で、ベッドにありつけなかった女物乞いが立ち去りぎわに子供を指さして言い放つ――もうこうなっちゃ、その子はどぶに棄《す》てるしかないね。

この言葉を、ブランシュはけっして忘れない。頭にこびりついて離れないだろう。

バッグとポケットを引っくり返し、掻きあつめた小銭と札を若い母親にさしだす。いく晩か暖かい宿屋ですごせるだけの額。このわずかな寄付が一時しのぎであるばかりか、まやかしの解決策にすぎないのはブランシュも知っている。憐《あわ》れな母親はいずれ十三区の掘っ建て小屋へもどるだろう。赤ん坊を抱いて遠ざかっていく母親を見送りながら、ブランシュの力が抜けていく。これまでの人生を戦いに明け暮れてきたというのに、こんなことになるなんて。つまり自分の努力はなんの役にも立っていなかったのか？　なんという長い歳月、救世軍を信じ奮闘してきたことか。なぜ？　つづけてどうなる？　子供をひとり凍え死なせて全人類など救えるわけがない。失敗、惨敗、これまで喫した敗北のなかで、いちばん痛烈な敗北だ。世界を変えようだなんて思いあがりもいいところ！　自分の行為はばかみたいにちっぽけで、悲しみの大海の一滴の水。この瞬間、すべてがむなしく無駄にみえる。

ブランシュは虚脱状態でベンチに腰をおろす。朝日がさす。寒さにかじかみ手足の感覚もない。打ちのめされて家へ帰る気力も起こらない。視線の先では新聞売りが、凍てつく朝日のなか売り物をそろえている。十六にもなっていない。かわいそうに、一日外にいるのだろう。どこで眠れたものやら。似たような者が何千となくいる。我が子たちを思う。ほとんどが救世軍に入っている。なんという夢物語《ユートピア》。思いとどまらせるべきだったのだ。

ブランシュは売り子に近づきパンをさしだす。「真夜なかの無料給食」の残り物だ。少年は驚いてふり返る。パンを受け取って、がつがつむさぼる。若々しい顔つきに胸を突かれる。まなざしにはあどけなさ、子供らしさの面影が残る。まだ人生に押しつぶされていない――じきにつぶされる、と苦々しく思う。少年はひび割れた唇でにっこりすると新聞を礼にさしだしてくる。ブランシュは欲しくない。持っておきなさい。売ればいい。聞き入れない。物乞いではない。ぼろを着ていてもプライドがある。胸を打たれ、ブランシュは新聞を受け取ってその場をあとにする。

疲れはててアパルトマンにたどり着く。日が昇った。アルバンも一晩中夜まわりをし、明け方帰宅し、ベッドに入った。ブランシュは眠れないとわかっている。試したって無駄なこと。台所へ行ってコーヒーをいれる。やけどするほど熱い液体に、かじかんだ四肢がゆっくりと温められる。テーブルに新聞をおきページをめくりながらぼんやりとあの若い母親と赤ん坊のことを思う。この寒さにどれだけもちこたえられるか？　この冬のためにどれほど多くの人が犠牲になるのか？　どれだけの男女や子供が、寒さをしのぐ場所がないために死ぬのか？　ナンテールの野原で遺体で見つかった、あの八十歳の姉妹のように。ブランシュとは顔見知りだった。双子の姉妹は住まいを立ち退かされ、行き場がなかった。ふたりは生涯かたときも離れなかった。一緒に死んだ。凍てつく晩に、雪のなかで。

新聞のインクで指を汚しながら、ブランシュはうわの空でページをめくる。ふいに言葉が目にとび込んでくる――「シャロンヌ街の醜聞……かたや、この寒さで凍死者が続出」。ブランシュは身を硬くしてコーヒーカップをおく。

アルバンが目を覚ます。台所で物音がする。起き出して行ってみると妻が色めき立っている――徹夜したとみえる。ブランシュはあいさつのキスもそこそこに、熱っぽく新聞を突き出してくる。

これを読んで、と言う。これを読んで、支度して。
行こう。

12

現代、パリ

ズンバ講習！　ビンタをまえにソレーヌは抵抗を試みた――ダンスなんてしたことない、リズム感ゼロ、からだが棒みたいに硬いのだ。タタたちは有無を言わせなかった。ビンタが決めたことにつべこべ文句を言わない。ソレーヌは服もないしステップも振り付けも知らないとくい下がった。

おいで！　気分よくなるから。そう言ってビンタは話を打ち切った。

服なら貸す、と二ユーロの女がレギンスをよこした。ビンタがＴシャツをわたすと、周りがどっと笑う――スメヤのを貸しなよ！　この人、あんたより十サイズちいさいって！　みんなが笑った。ビンタは肩をすくめ、冷やかしを受け流した。なんでそんなに痩せこけてるんだ！……タタのところに一か月おいで、フーティ（ギニアの家庭料理）と揚げ菓子ごちそうしてあげる！　ぜったい太れる！　と二ユーロの女がたたみかける。

ソレーヌは折れる。カリドゥーへの手紙はあとまわし――いずれにしても、いまは書ける状態ではない。

ズンバ講習は会館のジムで週一回ひらかれている。共生を推奨する館長の方針で、居住者だけでなく近隣住民も参加できる。職員も参加していて、若い受付女性の姿もある。学校帰りのちいさなスメヤはおやつを食べながら見学する。隣りには編み女ヴィヴィアンヌ――ダンスはしないが編み棒を手に一隅に腰をおろしている。音楽と雰囲気を悪く思っていないようだ。

ビンタがソレーヌをインストラクターに紹介する。ファビオは二十七歳、引きしまったからだに魅力的なブラジル訛《なま》りがある。若くてすてき、とソレーヌは思う。あいにく今日の自分はちっとも魅力を出せていない。蛍光色のレギンスに、Tシャツは桁違いに大きく、ぶかぶかで寝間着のよう。ファビオに歓迎される。ここじゃ巧《うま》い下手は関係ない、楽しむのが目的だから、と言われる。悩みは持ち込まない。心配事は更衣室においておく。

ソレーヌは後ろのほうに行く、がファビオに最前列に出される。まえのほうがやりやすいよ。渋々したがう。ファビオがiPhoneをアンプにつなげると、リアーナの曲が流れ出す。とたんに音楽が空間に充満する。ビートの利いたいちど聴いたら忘れられないヒット曲で、ダイヤモンドや幸福になるための選択を歌う。キラキラうつくしく空に輝く自分たちを見てほしいと歌手は英語で歌っている。ソレーヌには歌詞を聞いている余裕はまったくない。なんとかファビオの動きについていこうとする。若いインストラクターは猛烈な振り付けを始める。エネルギーが伝染してくる。充電したての電池のよう。

ソレーヌはついていけない。ステップが多すぎ、振り付けも多すぎる。すべてが初めてで何もかもめまぐるしい速さ。彼女が振り付けを終わらせていないのに、ファビオはもう次の動きに入っている。リズム感、からだの各部の連携と脱力が不可欠だ。どれも全然、もち合わせていない。周りではタタたちが慣れた調子でついていく。ソレーヌは汗だくで息をはずませる。できない。

大丈夫、と曲の切れ目にファビオに言われる。慣れの問題だ。足に集中して。腕はあとからでいい。ソレーヌはうなずき再開する。タタのまえでへこたれたくない。ここに連れてきてくれた、無下にできない。一緒に講習を受けようというこの招待は叙任式のようなもの。その意味は——ここにあんたの場所がある。

だからソレーヌは投げ出さない。

泣き腫らした目は真っ赤で髪ふり乱し、息が切れて失神寸前、見てくれはまるで恐怖の案山子《かかし》、だけどついていく。不思議な爽快《そうかい》感のようなものすらおぼえはじめ、周りの熱気に身をゆだねる。音楽があってファビオがいる。タタたちがいる。ちいさなスメヤがいる。編み女がいる。編み棒がリズムに合わせて動いている。ソレーヌは微笑む。乱れてばらばらになっている、けれど生きている。心臓は早鐘を打ち、鼓膜がびりびり震動し、血流がからだのすみずみを駆け巡る。全身の筋肉が痙攣《けいれん》する。からだじゅうが引きつって、どこだかわからない箇所があちこち痛む。何か月もの麻痺状態から覚めたかのよう、冬ごもりから追い立てられた北極グマのよう。まるで百年の眠りから覚めた、眠れる森の美女。

ジャンプし、手を打ち、足踏み鳴らし、脚と腕を動かして、よろめきテンポをはずしては、追いつきまたやりなおす。タタに混じって音楽に身をまかせるうち、ダンスはふいに不幸をおちょくるあっかんべー、貧困にくらわす肘鉄砲にみえてくる。もうここには切除された女性も麻薬依存者も、セックスワーカーも元ホームレスもなく、ただ躍動し運命を撥《は》ねつける肉体、生きること進みつづけることへの渇望を叫ぶ肉体だけがある。ソレーヌは会館の女たちに混じってここにいる。ここで、生まれて初めてみたいに踊りまくっている。

どっと歓声と拍手がわいて講習が終わる。ソレーヌは朦朧《もうろう》としている。どのくらい時間がたったのかわからない。一時間か二時間、見当もつかない。

静寂がもどり会場はたちまち閑散となる。タタたちは階上へ姿を消し、職員と非居住者はジムを出る。ビンタはスメヤを連れ、編み女は毛糸玉をまとめていなくなる。ファビオも遠ざかっていく。ソレーヌはタタから借りた服を脱いで返す暇もない。この次返せば、と地味なスカーフで髪を覆っている受付女性に言われる。初めてなのに、やるじゃない。ソレーヌは微笑む。それは本当でないとわかっているが、気遣いがつたわる。柔和な顔立ちに好感をおぼえる。きちんと自己紹介もしていないし、話す機会もなかった。

わたしはサルマ、と若い職員が手をさしだす。ソレーヌがその手を握る。よろしく。

一緒にエントランスホールへ向かいながら、おそらく翌日悩まされる筋肉痛の話をする。サルマは初めての講習のあと二日間、歩くのもつらかったと言う。そして会館の向かいにあるちいさな日本食レストランをさす。毎週ズンバのあと、ほかの職員とあつまっている。高級な店ではなく、焼き鳥かマキ（日本の巻き寿司のこと）のセットが七・五ユーロ、だけど静かだし店主は感じがいい。もし、よかったら……。

ソレーヌはためらう。日が暮れたところだ。誰もいないアパルトマンを思う。全然帰りたくない。長い長い一日のあと、ほんのすこし温もりが欲しい。こんなことはしょっちゅうあるわけではない。大恋愛の相手を路上で見かけ、ベビー用室内履きを衝動買いし、知らない人の腕のなかで泣き崩れ、タタに混じってズンバの初講習を受けるなんてことは。

サルマの誘いを受ける。外食なんてもう何か月もしていない。けれど、今日の自分なら大丈夫な気がする。それに、ひょっとして？　友達ができないともかぎらない。

13

日本食レストランでは遅くまで話し込んだ。サルマの同僚はステファニー、エミリー、ナディラ、ファトゥマタ。それぞれソーシャルワーカー、児童教育指導員、事務員、経理係だ。会館での過酷な一日のあと、ここでひと息つける時間は正直、貴重だと口をそろえる。会館のなかではすべてが強烈。生活は激しく律動し、感情も増幅する。欠乏状態と悲惨な境遇のせいで居住者と職員の関係は緊張する。手の焼ける者もいる。

話題はやがてシンシアのことになる――いつも最後はシンシアの話になる、とサルマが言う。気が立っているシンシア。ソレーヌはロビーに響く怒鳴り声を思い出す。今日も、またひと騒動あった、とステファニーがため息をつく。シンシアが三階のキッチンの共同冷蔵庫の中身をぜんぶぶちまけた。彼女にはもうお手あげ、と言葉をつづける。受けた罰は数知れない。この次問題を起こせば退去処分になるかもしれない。だが退去とは、ここでは重い意味をもつ。会館の歴史でも異例なこと。使命は受け入れることで、追い出すことではないのだから。

居住者のほとんどがひたすら夢見るのは、自分の住まいを持つこと。施設暮らしは選択ではなく必要にせまられてのこと。やむを得ない手段。よりよい生活への待合室。待ち時間は数年におよぶこともある。とはいえ、会館からなかなか離れられない者もいる。八年にわたる煩雑な事務手続きのすえ、めでたく公団に入居できた女性がいる。引っ越してからも施設に来ては一日すごしていく。転居先の近所には知り合いがいない。孤独で気がふさぐ。ここならいつも話し相手がいる、と言う。それに、講習や活動があって職員もいる。みんながいて、活気がある。

サルマ自身、それがよくわかる。受付係として採用されるまえ、長く会館に住んでいた。入居したのは子供のころ、母親とアフガニスタンの戦争を逃れてきた。初めて会館の敷居をまたいだ日のことを、いまでも憶えている。グランドピアノに吸い寄せられるように近づいた。こんな楽器を見たのは初めてだった。手をのばし、鍵盤を押した。力づよい音がホールに響いた。すぐさまやめるよう命じた母に、だが当時の館長は、習い覚えた片言のパシュトー語で言った。いいんです。弾かせてあげて。そしてつけくわえた――ここは、あなたたちの家ですから。

少女はグランドピアノと割りあてられた十二平方メートルの部屋のあいだで成長した。入居したとき、サルマも母もフランス語がわからなかった。読む勉強のため、子供は同じフロアーの部屋に貼られたプレートを読解した。どのドアにも創設者の名前や文章の一節が記されている。しまいに、ぜんぶ覚えた。会館は住まいとなり遊び場となり、驚くべき探検の場ともなった。

親しみをこめてゾーラの話をする。掃除婦の彼女のもとに、母に叱られるたび逃げ込んだものだ。ゾーラはうわっぱりのポケットからリビヤ（マグレブ・近東諸国の焼き菓子）を出して慰め、サルマはこのちいさなサブレを夢中で頬《ほお》ばった。額、顎、手にほどこされたヘナ染料のいれずみを憶えている、ゾーラによれば災いから守ってくれるという。いまもここで働いている。勤続四十年、会館でもっとも古い職員だ。居住者全員と顔見知りで、みんなの打ち明け話を聞いている。寡黙だが人の話を聞く術をもつ。目のまえで流された涙でプールがいっぱいになる、とゾーラは言う。諍《いさか》いのとりなし役に呼ばれることもある。どちらかの肩を持つことはない、けれど思慮深くて賢明だ。彼女にかかれば手に負えない強情者もしまいには聞き分けがよくなる。あと数か月で定年だ。会館のひとつの歴史が閉じられる。サルマの子供時代もまた去ってしまうようだ。

サルマというアラビア語のファーストネームは「純真、すこやか」という意味だ。この名前が誇らしいと言う。故国では女性が個人としてのアイデンティティをいかに奪われているか話してくれる。アフガニスタン社会では、身内でない者が女性のファーストネームを尋ねることは許されない。女は男の名前で呼ばれる。誰かれ「の妻」、「の娘」、「の姉妹」。はっきりしない場合は「おばさん」。公の場でアフガニスタン女性は個人として存在しない。このような伝統が根づよいのはとりわけ地方で、国の人口の四分の三が住んでいる。各地で女性が自分たちのアイデンティティを認めさせようと奮闘している。生きる権利を要求している。

ここでは、サルマは誰の娘でも姉妹でもない。彼女はたんに彼女、サルマだ。ひとりで立ち、それに満足している。受け入れてくれたこの国に感謝している。

会館の居住者として十年すごしたあと、サルマはいま別の立場にある。職員だ。正式な肩書は「パートナー・ヘルパー」。彼女のようなケースがこう呼ばれる。館長によればサルマには「経験知」がある。つまり行き場のない者の苦悩、先行きの不安、生まれ育った環境との隔絶を身をもって知っているということ。あなたの体験は貴重、と館長に言われた――この考えに、サルマははっとさせられた。専門研修を勧められ、修了したとき契約を結んだ。初めての仕事。

サルマはもうここに住んでいない。自分のアパルトマン、収入、仕事がある。恵まれていると自覚している。自分が属すのはうらやまれる側の世界、働く者すなわち社会が円滑に機能するために必要とされ、役立っている者の世界だ。

受付カウンターにすわって抱く感慨はいわく言いがたい。カウンターは二十年まえ来たときのままだ。ホールは最近リフォームされたが、あのころとほとんど変わっていない。活動予定表があり、新しい入所者のための肘掛け椅子がある。旅の終わりまで手もとに残った荷物をたずさえ、母とそこにすわっていた自分の姿が目に浮かぶ。旅は何か月にもおよんだ。母娘は疲れはてていた。

いま、受付を取りしきるのは彼女だ。出発と到着の世話をする。迎え、案内し、相手の話に耳を傾ける。ちょうど自分が迎えられ、案内され、話に耳を傾けてもらったように。会館ではみんなから慕われている。この場所に救われた。あたえられたぶんお返ししたい。

いまはわたし。そう、わたしがここの番人、と誇らしげに言う。

14

その晩、ソレーヌは眠れない。あまりに多くの感情や考えが入り乱れる。日本食レストランを出たときのサルマの言葉を思い出す――会館をすんなり立ち去れないときがある。いつもなにかしら一緒についてくる。

ソレーヌはビンタのことを考える。スメヤ、シンシア、スヴェタナ、編み女、荷物女、サルマのことを考える。彼女たちの不運に見舞われた人生、困難な道、苦悩を打ち明けられ、それをどうしていいかわからない。もう他人事とは思えない。考えずにはいられない。何事もなかったかのように生きられない。

眠りに落ちるため錠剤を飲もうかと迷ってから、考えなおす。いいや、睡眠薬の手軽さには流されない。今夜はだめ。ベッドから起き出し明かりをつける。徹夜覚悟で書くまでのこと。遠くで、はるか彼方のギニアで、男の子が母からの消息を待っている。手紙を、ソレーヌはビンタに約束したのだ。約束を守らなくては。あれほどのことを分かち合ったあと、がっかりさせたくない。

コンピュータは出さない――ふさわしい道具でないような気がする。手で書くべき手紙というものがある。そして魂に導かれるままに綴《つづ》る手紙。

こんなに難しい仕事を託されたのは初めてかもしれない。代書人――いまになって使命の深い意味に気づく。やっとわかった。必要とする人のためにペンを、手を、言葉を貸す。違法か合法か裁くことなく、移動に手を貸す越境案内人のように。

越境案内人、それがいまの自分。

ビンタははるばるギニアから逃れてきた。こんどはソレーヌが、交わした言葉を手段に彼女を故国へ送り届け、息子のもとに返してあげる。

わずか数グラムの便箋《びんせん》にひとりの人生の重みがある。重くて軽い。こんなことを託されるのは並たいていのことではない、とソレーヌは思う。身のうえを話してくれたビンタの信頼を思う。その信頼に応えたい。どこから手をつけてよいかわからない。けれど、天分としてそなわった誠実さと知性、鋭い感受性をもって彼女は務めを果たすだろう。きっとふさわしい言葉を見つけられる、夜を徹することになっても。

岩のてっぺんから水に飛び込むように、紙に身をのり出す。書き、消しては書きなおす。八歳の子供にどんな言葉をつかえばいいかわからない。経験が欠けている。カリドゥーがどんな顔をしているか、母と妹の顔つきから想像してみる。ふいに見える。そこにいる。すぐそばに。耳もとにそっと囁《ささや》きかける。お母さんが彼を愛している、と言う。彼のことが宝で、誇りにしている。いつか再会できる、そう約束できる、と言う。母の物語を、母と息子の物語を語って聞かせる。物語はまだ終わりではなく、彼はギニア、母はパリに離れ離れでも、一緒にこれからも物語を紡いでいくことになる。母は元気、スメヤも元気にしている、と言う。ここで安全に暮らしている。母は彼のことを毎日、毎晩、毎時間、想っている。つよく大きく立派に成長する姿を思い描いている。そばにいてあげられなくて残念だけど、そばにいる、頭のなかではいつもそばにいるから、と。

いつも、すぐそばに。

書くうち不思議な現象が起こる。ソレーヌはビンタになる。カリドゥーになる。送り手と受け手の両方になっているかのよう。初めておぼえる奇妙な感覚――他者の命を吹き込まれたような、何かにのりうつられたような感覚。

　書いているのは自分ではない。誰かに背後から文面を囁かれているかのよう。繰り出されるフレーズは曇りなく明快で、それが閃光《せんこう》を放って続々と連なっていく。偉大な何者か、不可視の女神《ミューズ》に操られ、言葉がわき出てくる。

　アフリカへ行ったことはない。からだの一部を切除されたこともない。出産も、ましてや胎内に宿し、生み育てたものをおきざりにする痛みも知らない。マリもアルジェリアも縦断していない。身をちぢめる娘のかたわら、いく日もいく晩も飲まず食わずで貨物船の船倉に身を潜めてもいない。発見され強制送還される不安と絶望に、腹を引きつらせたこともない。闇に溺れ、冷たい水底で、すでにおおぜいが非業の死を遂げたように最期を迎えるかもしれないという恐怖も知らない。

　何も体験していない、戦いと同義の道のりも、死をまぬがれているだけの生も知らない。それなのに言葉はある。ビンタの声が自分の声となって否応なくわいてくる。不思議な歌に命じられるまま書いている、魂が注入されているかのよう。ソレーヌは受け取ったぶん力を尽くす。


　もう夜明け。窓の外に朝日がさし、空と街並みが色づいてくる。手紙は書き終えた。ひとりでに紙が増殖したように、自力で生み出した。ソレーヌは充足感と虚脱感にどっと襲われる。手紙は十枚——パリに源流を発し、ビンタの家族が住むコナクリ近くのサンガレヤ湾へと注ぎ込む大河のような手紙。

母の愛に十枚、せめてこれくらいは必要だった、と思いながら、朝方ソレーヌは眠りに就く。

せめてこれくらいは、ビンタのために。

15

一九二五年、パリ

コーヒーカップのまえにすわってアルバンは、ブランシュにさしだされた今日十一月二十八日付の新聞記事を見る。声に出して読む。

「パリ市内フェデルブ通りの一角にある七百四十三室を擁す広大な建物が、五年以上も使われないままとなっている一方、首都は甚だ深刻な住宅危機に見舞われている。（……）当該物件は開戦前、単身男性向け宿泊所としてこれを建設したルボーディ財団が所有するものである。パリ市が買収を検討していたものの請求額と市が負担すべき改修工事にかかる巨額の費用のため、断念を余儀なくされた。このほかのプロジェクトがパリ市内の諸機関において企画されているが、どれも実現には至らず……」

じりじりしてブランシュは夫から新聞を取りあげ、熱っぽく先をつづける。

「……六階建ての建物には窓つきの個室が七百四十三室あり、ほかにも広大なエントランスホール、圧巻のレセプションホール、洗面台、浴室、設備のととのった広いキッチン（……）。閉鎖後、年金庁の数部門が間借りしていたものの現在は空き物件となっている……」

支度して。行こう。

顔をあげてアルバンを見る。おなじみの目つきだ。次に口から出る言葉は正確にわかる。だがアルバンは動かない。ブランシュは咳《せき》をしていて、夜まわりで疲れ、眠っていない。こんな状態で出かけさせるわけにはいかない。今回はだめだ。夫を説得しなければならないと察したブランシュは隣りに腰をおろし、夜のこと、若い産婦のこと、寒さに凍える新生児のこと、女物乞いの言葉を語って聞かせる。落胆し打ちのめされたことを話す。この新聞で勇気もエネルギーも、すべて取りもどした。売り子の少年があそこにいたのは偶然ではない、と囁《ささや》く。運命だった。ブランシュは何があっても信念を失わない。この記事は天からの呼びかけ、天命だ。神から託された使命だ。

空《から》っぽの巨大な建物がパリにある！　ブランシュの目は熱をおびて爛々《らんらん》と輝いているが、アルバンのまえにしっかりと立っている。その建物を買うしかない！　そしてパリのホームレス女性を住まわせよう。

夫は心配そうにのぞき込む——熱で錯乱しているのだろうか？　建物を買う？　何百万もする！　記事のつづきにも書いてある——「郵政担当副大臣が支局設置を希望したものの、費用のため断念した」。パリ市にすら無理なのだ！　どうやって自分たちにできる？　ブランシュはむきになる。何百万もの金がどうだっていうの？　百万って何？　百フランの万倍、十フランの十万倍でしょ。十フランを十万回あつめるべきなら、わたしはやってみせる！

アルバンはそれが本当だと知っている。ブランシュは装甲車。思い込んだら猛然と突き進む。戦いならすでに身を投じてきた。しかも楽な戦いではなかった。世論からようやく認められつつある。救世軍はイギリスのいかれた新興宗教団体とは見なされなくなった。初期に投げつけられた汚物は、もはやおぼろげな思い出でしかない。敵意は好奇心に変容した。変化の時代が始まった。政治家や高級官僚が肩入れしてくれるようになっている。ねばりづよさを武器にペイロン組はパリを征服した。攻略不能だったパリが、執拗《しつよう》に攻め立てられて、ついに身をゆだねてきた。

けれどブランシュは飢えと寒さにすこしばかり打ち勝ったくらいでは満足しない。足りない、と言う。まだ足りない。あの大二輪のペダルをこぐように、行動がひとつ終われば次の行動が必要になる。苦しみが終わるというの？　いいえ終わらない。だから、やめられない。

女性の居場所、専用の場所が足りない、と彼女は説く。フォンテーヌ＝オ＝ロワ避難所では足りない。パリ市だけで宿無し女性は何千人もいる。みな襲撃と売春の危険にさらされている。今世紀はじめ、歴史家ジョルジュ・ピコがこの問題について世論に警鐘を鳴らしている。身寄りのない女性十万人に、まともなベッドは千床！　と主張した。あれから何も変わっていない。これを仕方がないと受け入れるの？　とブランシュは問う。雪のなかのあの子はわたしたちの子、あの子たちはみんなわたしたちの子。子供たちを守りたければ産む者を助けなければ。それが最優先。

彼女のいう現実をアルバンはよく知っている。吹きさらしの通りで物乞いに零落《れいらく》した子連れの女たちを見ている。行き場を失い、なけなしのパンはおさな児《ご》にあたえ、空腹をかかえる母たちの飢えも絶望も知っている。この国に猛威をふるう住宅危機に女たちは無防備でさらされる。もろに煽《あお》りを受け犠牲となっている。

建物の買収が正気の沙汰ではないとブランシュはわかっている、が、ペイロン組は正気でないと思われたって、いっこうに気にしない。

アルバンが危惧するのは企ての壮大さより、ブランシュの健康だ。肺の疾患が悪化し、難聴の兆候があらわれ、ひどい偏頭痛で何もできないこともある。歯と骨の痛みに苦しんでいる。坐骨《ざこつ》神経痛でたびたび起きあがれなくなる。救世軍として泥にまみれ寒気にさらされ、戦いに明け暮れた生活で刻まれた聖なる痕。ブランシュは泣きごとを言わず黙って苦しむ気品をもつ。何年もあとに、打ちのめされたエルヴィエ医師から全身を癌《がん》に蝕《むしば》まれていると告げられても誰にも明かさない。いつもそうしてきたように胸に秘め、黙って戦いつづける。

目下、彼女は台所に立ち、アルバンの反論を一つひとつくじいていく。当初のふたりの誓い、共通の願いを思い出させる。救世軍を誰も取りこぼさないほど網目の詰んだ大きな救助網《セーフティ・ネット》にするという願い。網目はまだゆるすぎる、女性と赤ん坊がすり抜ける、と囁く。アルバンはついに降参する。もう何度もしてきた医者の診察を受ける約束と引き換えに、ブランシュに同意する——建物を見に行こう、今日にでも。

路面電車でセーヌ河右岸に着き、フェデルブ通りを歩き、シャロンヌ通りとの交差点で足をとめる。ブランシュは十字路にそびえる巨大な建物を見あげる。レンガ造りの堂々たるファサードが下町の家並みから抜きん出ている。まるで砦《とりで》、城塞だ。

正面階段をのぼり、ルボーディ財団の職員に迎えられる。アルバンが一時間まえ財団に電話すると、先方は驚いているようだった。物件は大きすぎ、価格が高すぎて見向きもされず、もう数か月になっていた。内見の準備のため職員が急行していた。

職員についてペイロン組はエントランスホールに足を踏み入れる。ブランシュは明るさにはっとする。大天井がガラス張りで光が満ちている。前日の綿雲は消え、鈍色《にびいろ》がかった青空が広がっている。陽光が燦々《さんさん》と足もとに砕け散る。外の音がまったく聞こえず、まるで世界は消滅したかのよう。ブランシュは静謐《せいひつ》な思いにひたされる。ここで、静寂が支配するこの施設で一生を送れそうな気がする。祈りに捧《ささ》げる一生。

職員は内見を進めたくてそわそわしている。先に立って集会室、喫茶室、そして図書室をとおり抜ける。ブランシュは壁の陶製の化粧張り、壁面や天井を彩《いろど》るモザイクの表面を眺める。どの部屋にも大きな窓がある。全体が趣味のよい内装。広大なレセプションホールに出る——着席で約六百人、立てば千人収容できる、と職員が説明する。ブランシュはこの空間で何ができるか想像する——貧窮者と近隣住民にひらかれた食堂。恵まれない人のための巨大な食堂。クリスマスには大きな夜食会をひらいて、自分で祝う余裕のない人みんなを招待できる。

職員につづいて大階段から階上へあがる。部屋が何百も並ぶはてしない廊下は、ふたつの中庭をかこんでいる——まさに迷路、とブランシュは思う。案内板がなくては。空間はこれ自体でひとつの街だ。パリのただなかにある、もうひとつの街。

とうとう屋上のテラスにたどり着く。パノラマをまえにブランシュは息をのむ。眼下に大通りの描く筋、駅、教会、大建築が見てとれる。目のまえにパリが、まるで地図をひろげたように展開する。首都の光景に気をとられ、職員の説明もうわの空、片耳でしか聞いていない。職員は建物の来歴を説明しはじめる。建造されたのは一九一〇年、工場労働者、低賃金労働者にしかるべき住居を提供するため、ルボーディ財団が建設し、一九一四年、居住者らが出征すると宿泊所は空《から》になる。そこで傷病兵のための病院に転用され、負傷したり瀕死《ひんし》となった元居住者たちが収容された。

ブランシュは心ここにあらず。願ってもない物件だが法外な値段だ。改装工事には同じくらいの費用がかかる。しめて七百万フラン調達せねば。救世軍に余裕はない。だが、この建物はプロジェクト実現にはうってつけの場所。どうすれば離れ業をやってのけられるか？　ブランシュは熱意と疑念に引き裂かれ揺らいでいる。

そろそろ内見は終わり。職員は解説を締めくくる。出口へ向かいながら建物ができるまえは修道院があったと語る。十字架の娘修道院――ドミニコ会の観想修道女がここで暮らし、女子教育をおこなっていた。今世紀のはじめ、修道会は解散、修道女らは立ち退きをせまられ修道院は閉鎖された。修道会経営の教育を禁じる法が施行されたためだ。本堂のほか、礼拝堂と菜園、墓地があった敷地は更地になった。ブランシュは耳をそばだてる。あるイメージにとらえられる。共同生活を営む女性たち、追い立てられる修道女たちの姿がふいに目に浮かぶ。目のまえで祈っている、僧房の奥で、礼拝堂のアーチの下で、菜園の真んなかで。修道女たちがいる。足もとに、内見したばかりの建物の土台の下に葬られて眠っている。精霊と魂が壁にしみついている。石の一つひとつに修道女の声がこもる。ブランシュは気配を感じる、声が聞こえる。ここにいる。

この瞬間、疑念が晴れる。いまや確信する――プロジェクトを実現すべきはこの場所だ。ここは女性たちの場所。女性たちから奪われたものを返還しよう。

資金はなんとかなる、と自分に言い聞かせる。そう、お金なら調達する、たとえからだを壊したって。
これはたんなる大きな建物ではない。宮殿《パレ》なのだ。

16

現代、パリ

ビンタは半眼で聞いている。口をはさまない。祈禱《きとう》のように、言葉の連なりに耳を傾けている。

隣りにすわるソレーヌは、書いた手紙をちいさな声で読んでいる。夜の静けさのなか、言葉たちはどこからともなく降り注ぎ、何百何千となく押し寄せてはぶつかり合い、完結したフレーズとなって次々と紙の岸辺に打ちあげられた。彼女自身はたいしたことをしなかった。なるにまかせていた。ただ整列させ、適切な言いまわし、エチケットを教えてあげ、強情者もおとなしくしたがった。カリドゥーを怖がらせてはいけない。父親が手紙を破ったりしてはいけない。

もう人まえに出しても恥ずかしくない。誇らしい。ちょっとやんちゃな我が子らをこれからセレモニーに出すような心持ち。うつくしい、言葉たちが紙に連なっている。言葉たちに付き添って、このロビーの真んなかで、耳を傾けるビンタに引きわたせるのが嬉《うれ》しい。

読み終えると沈黙がつづく。ビンタはなんの反応もしめさない。ソレーヌの言葉のあとでは時間が、減圧が必要であるかのよう。強力でおびただしい数の言葉。ビンタ自身を超えている。自分の言葉ではないが、他人のものとは思えない。身に沁《し》みてわかる。

ようやく顔をあげ、ソレーヌを見てひと言――いいね。たったそれだけの短い言葉に、望んだとおりという意味が詰まっている。わたしがかかえる感情を理解し、その紙のうえにそのまま再現してくれた。こんどは、この便箋《びんせん》が息子のもとへ飛び立ち、あの子の手に握られ、わたしの愛をつたえてくれる。痛みを、悲嘆をつたえてくれる。あんたの言葉のなかに、わたしの心の一部みたいなものがある。それを、あんたのおかげで息子に送ることができる。

いいね。短い言葉をソレーヌは、大きなプレゼントのように受け取る。誤らなかった。使命に背を向けなかった、ビンタの信頼を裏切らなかった。

ただ、ひとつ細かい点が残っている。手紙にサインをしなければならない。ソレーヌはしたくなかった、その権利はない。言葉は見つけられたけれど、意味はビンタのものだ。手紙にサインをすることは、たんに自分の名を書くだけでなく、もっと大きな意味をもつ。自分のものだと主張し我がものにすること。横領することになる。するとビンタはソレーヌのペンを取り、最後の便箋の下に一語、それだけでみんなのことをしめす言葉を書きつける——ママ。

ソレーヌの胸がしめつけられる。この言葉に自分もすこしふくまれている。いま、紙とインクのなかに密航者のように身を潜めている。泣き出すまい、今回は。感動しているが抑えている。

便箋を折りたたみ封をするときだ。ビンタが郵便局に持っていく。手放す直前、封書にキスをするだろう。家を出た晩、起こすことなくカリドゥーの頰《ほお》にしたそれに似た、万感こもった、かすかなキス。我が子のもとへ旅立つキス。

スミマセン！ ソレーヌはいきなり物思いから引き離される。見るとシンシアが近づいてくる。彼女の登場にビンタは腰をあげ、手紙をたずさえ、喧嘩《けんか》を吹っかけられないうちにそそくさと退散する。シンシアとタタたちの争いはいまに始まったことではない。

だが、この日のシンシアの目当てはビンタではない。ソレーヌのまえに来て腰をおろす。ちょっと頼みたいことがある、と切り出す。手紙ではない。というか、そうでもないか。

ソレーヌがシンシアと面と向かって話すのは初めてだ。ビンタにそばにいてもらいたかった。この若い女が怖い。他人にたいする接し方、口のきき方が罵倒《ばとう》か侮辱に聞こえる。まるで爆発寸前の圧力釜だ。

シンシアは目を眇《すが》めてこちらの顔をのぞき込んでから、事情を話す。会館ともめている。ずっとまえから部屋を替えてくれと頼んでいる。もう三階は我慢できない。あのタタ、べビーカー、廊下で騒ぐ子供、電熱器はしょっちゅう故障している。何か月も冷えた食事をして、眠っていない。いくら文句を言っても聞いてくれない。ここはホテルではない、そう簡単に部屋は替えられない、と言われる。住人が出たあと、部屋は次の入居者を迎えるため修理され、ペンキを塗り替えられる。都合でよけいな工事をするわけにはいかない。部屋は新しくなくていい、ただゆっくり眠りたいだけ、いまの部屋ではそれができない、いくらそう言っても応じてくれない。

いつか出ていってやる、と言う。地獄だ、ここ。会館では何もかも鬱陶しい。雑居状態で自由がない。内部規則で訪問時刻は決められている。些細《ささい》なことで難癖つける監視員。ここでは何もかもうまく行ってない。理事会に出ている居住者代表にかけあってみたけど、聞き入れられなかった。代表だ、ふざけんな！　あの女は、波風立てたくなかっただけ。ここの全員がまた路頭に迷うのを恐れて、不安のせいで臆病になっている。本心をつつみ隠さず声を大にして言えるのはシンシアだけ。うるさくて悪かったね。黙らせようとして、いちいち罰をくらわせてくる。訪問は一か月おあずけにされた、タタと喧嘩したからって理由で。あっちが売ってきた喧嘩を買ったまで。どのみちシンシアにはどうだっていい。訪問など受けない。こんな腐ったはきだめに誰が人を招くか、こっちからお断りだ。ここの全員がいけ好かない、サルマは別だけど、受付の、感じがいいのはあの人だけ。

だから要するに、あんたから館長に話してもらえると助かるんだ。

あんたの口からなら聞いてもらえる。

ソレーヌは困惑している。世間全体に向かって唾《つば》を吐くような、シンシアの不平不満と怒りに、どう対処していいかわからない。暴れることもある、とサルマから聞いている。ロビーの備品をぜんぶ壊し、テーブルから肘掛け椅子からすべてがたがたにしたという。怒らせないほうがいい。ソレーヌはこんなことには慣れていない。

だからといって頼みに応じるわけにもいかない。その争いには無関係。臆病ではなく、冷静な判断だ。ソレーヌは中立だし、そうありつづけたい。ここでの立場はわかっている。わかりはじめたところだ。会館に革命を起こすつもりはない。自分はペンでありマイクではない。それぞれに領分があり、自分のそれはわきまえている。

シンシアに説明しようとする。館長に書状を書く手助けはできるけれど、このもめごとでどちらかの肩を持つことはしない。シンシアの表情が一変する。口がよじれ、引きつり笑いに怒りと軽蔑《けいべつ》の色が浮かぶ。

なら、あんたも同じ、と言い放つ。いたってなんの役にも立ってない。なんで来んの？　うちがつまんなくて見物に来るの？　いい眺めでしょ、他人の不幸って？　気に入った？　あんたのしけた生活も棄《す》てたもんじゃないって安心する？　おしゃれな街の平凡で糞《くそ》みたいな生活がさ？　手紙書いて、誰の役に立つと思ってんの？　そんなこと必要じゃない！　ここの生活が全然わかってない！　週に一回来るのは、あんたにとっちゃただの暇つぶし、あ、今日は一時間、わたしのお先真っ暗な人生の時間だわ、ってか！　いいことした気になって、うちに帰ってドア閉めたら忘れるんだ！　あんたの高級な街に帰って、もどって来んな！　役立たず！　あんたなんか、いなくていい！

罵詈《ばり》雑言《ぞうごん》のあげく、ソレーヌのＭａｃＢｏｏｋにパンチをくらわせ叩き落とす。サルマが怒声を聞きつけロビーに駆けつける。急いで走り寄るが間にあわない。あとの祭り。シンシアは奇声をあげながらホールを出ていく。

館長も階上からおりて来た。愕然《がくぜん》として被害の規模を確認する。またシンシアなの？と訊《き》く。

はい、とサルマがため息をつく。またシンシア。

17

最先端のテクノロジーもシンシアの破壊力には耐えられなかった。ＭａｃＢｏｏｋは起動しない。困惑した館長が、修理代は経費で弁償するとソレーヌに約束する。ソレーヌは断る。会館のお金はいらない。知り合いの専門家に相談してみる。壊れたコンピュータ、それよりもっと深刻なことがある。

その晩は食欲がない。日本食レストランの焼き鳥にもマキにも手をつけない。隣りにすわるサルマが元気づけようとする――シンシアの暴力の被害にあったのは彼女だけではない。会館では、たくさんの住人が痛い目にあっている。

身のうえはみんな知っている。棄児《すてご》のシンシアは里親家庭と施設のたらいまわしで育った。雑草のように愛も安定も知らずに成長した。どこの学校からも退学処分を受け、十六で学校を辞めた。成人したときは無職のホームレスになっていた、似たケースの若者がたいがいそうなるように。よからぬ人物と出会い、不運にもよいブツに出会った。人生の迷路からはるか彼方へ連れ去ってくれるもの。手に入れるため、あらゆるばかな真似をした。考えられることも、そうでないことも。

それから妊娠した。赤ん坊は欲しかった――アクシデントではなかった。シンシアは家族を知らず、愛されたことがなかった。誰かと固い絆で結ばれ人生に意義をもたせる必要があった。子供はチャンスだった。新しい出発。多くのひびや大きな亀裂をふさいで修復してくれるだろう。

子供のために断とうと決意した。

だが子供が生まれると非力さを痛感する。後ろめたさと無力感に襲われた。親を知らない者がどうして母になれる？　受けたことのないものを、どうしてあたえられる？　はかりしれない愛に溺れそうになりながら、自分にはつとまらないという不安に押しつぶされそうになった。シンシアの悪魔がよみがえり周りを旋回しはじめた。子供の父親は去った。再び深淵《しんえん》にしずみ込んだ。

判事から息子の養育権を剝奪《はくだつ》されたとき、打ちのめされた。

もう何にも手を出していない、クリーンだ、と言っている。彼女の戦いは子供を取りもどすこと。いま五歳。施設にいる。それがどういうことか、シンシアには正確にわかる。息子にはあの生活をさせたくない。月にいちど、あまり感じのよくない色の面会スペースで、自分が選んでいない服を着て、知らない人に付き添われてくる子供に会うのが耐えられない。夜、お話を読んであげるのも、怖い夢を見たとき慰めてあげるのも自分ではない。人生の重要な節目に立ち会っていない。失われた時間は取りもどせない――初めてのひとり歩きも、幼稚園への入園も、初めての映画館も、一緒に体験することはもう絶対にできない。

年間八十四時間、と計算した。これが彼女に許された子供との時間。施設は地方にある。交通費を出すためシンシアは節約する。子供と一緒の時間を心底楽しみすらしない。刻々とすぎる時間が気になって時計から目が離せない。一日の終わりに、息子と自分は別々の場所へ帰り、一か月先まで会えないとわかっている。

息子と別れるとき、自分が孤児《みなしご》か棄児《すてご》になった気がする。出生の悲劇を追体験している。逆の立場から、えんえんと繰り返される悪夢のように。煩悶《はんもん》はどうやっても鎮まらない。

だから怒っているのだ、シンシアは。怒っている。こんな人生は選んでいないし、我が子には別の人生を夢見ていたのだから。物語は情け容赦《ようしゃ》なく繰り返され、どう頑張っても流れを変えられないから。愛だけで十分とはかぎらないから、怒っている。

世間全体を恨んでいる。児童専門判事、民生委員、里親家庭、会館の職員を恨み、タタを恨み、荷物女を恨み、知らない人すら恨んでいる。会館には子連れの居住者もいる。それを間近で見るのが耐えられない。ベビーカーも見たくなければ、夜なかに泣く子供の声も聞きたくない。自分の息子が遠くで眠っていることを否応なく思い知らされる。

だからいら立ってわめく。傷を負った動物、子を奪われた雌狼のように。猛り狂った獣のように誰も寄せつけない。さしのべられる手に咬《か》みつく。

会館では囚人のように感じている。壁に頭を打ちつけ、それを一晩中つづけていることもある。彼女の刑務所は施設ではない、とサルマは言う。シンシアが執拗《しつよう》に要求するもの、それは別の部屋ではなく別の人生だ。そして言葉をつづける。子供のころ欠乏していたものは、永遠に欠乏するものなのだ。子供のころ食べ足りなかった者は、永遠に満腹しない。

それがシンシア、永遠に飢《かつ》えている。

ソレーヌは打ちのめされてアパルトマンに帰る。浴びせられた辛辣《しんらつ》な言葉が頭のなかで響く。帰れ。会館で勝手がわかりかけ、役立っていると感じはじめていた矢先、シンシアの激しい言葉で切り棄《す》てられた。

帰れ、とはつまり、あんたは違う。ここの女たちとは似ても似つかない。人生に恵まれたあんたに理解し助けられるわけがない。わかり合えっこないし、あんたの善意なんて、知ったことか。よけいなお世話。

帰れ、とはつまり、あんたにここにいる資格はない。

シンシアがありったけの怒り、ありったけの軽蔑《けいべつ》をこめて非難したのはソレーヌになんの資格があるのか、ということ。上の者が下の者に向けるあの視線。何様のつもりでここに来るのか？　女性たちを代弁するため？　女性たちの人生にずかずか踏み込んで一時間の出張サービスが終わったらさっさと帰ってしまうため？


ソレーヌは非難に動揺している。シンシアは一点において正しい。あそこへ行ったのは女性たちを助けるためでなく、自分自身のためだった。セラピーとしての会館——事実、そうなのだ。快復したら施設はやめて、本来の活動に復帰すればいい。あの場所は人生の寄り道でしかない。つまらない寄り道。

ズンバ講習一回に手紙を数通、それで受け入れられたと思い込んだ。会館に自分の場所ができたと考えた。甘い、とシンシアは応じる。帰れ。

ソレーヌは苦い思いをかみしめ、気落ちし情けなくなる。「憐《あわ》れな金持ちの女の子」という歌がある。鬱を治すため自分より不幸な女性たちのもとを訪れた。誰を助けられると思っていたのか？

けれども、それだけとは言いきれない。たしかにあそこへは精神科医に背中を押され、レオナールにほとんど強引に引っぱり込まれて行った。たしかにあの施設の敷居をまたぎたいとはこれっぽっちも思っていなかった。だが、もとめていた以上のものをあそこで得たのも事実だ。ビンタのいいねがあり、スメヤのまなざしがあり、二ユーロの女がいて、味わったお茶があり、ズンバがある。ソレーヌが体験したこと、分かち合ったことは勝手な妄想ではない。通じ合い結びついた——ビンタに抱かれて泣きながら、そうつよく感じたのだ。

ここ最近は調子がいい。からだも精神も徐々にコントロールできるようになってきた。薬に頼ることもすくなくなってきた。精神科医は薬量を減らした。見とおしが明るい、と言う。意義、それが会館でソレーヌが見つけたもの。あのコミュニティのなかで役立っていると感じている。

だから資格があろうとなかろうと、住んでいるのが高級な界隈《かいわい》だろうと、かまわない。

あそこへ行く。結局、あそこへ行くのが大事なこと。幻滅や違いがあろうと。コンピュータが壊され、シンシアに罵倒《ばとう》されようと。

代書《エクリヴァン・ピュブリック》人とは公衆《ピュブリック》のため、みんなのための書き手なのだ。シンシアに追いつめられ揺さぶられた、けれどソレーヌはもちこたえるだろう。挑発にも非難にも動じるまい。次の木曜も、そのあとの木曜も、毎週あそこへ行く。コンピュータがなければ紙と鉛筆がある。これだけが武器であり盟友だ。見た目はぱっとしなくても、威力はすごいとわかっている。

それらは会館の歴史を塗り替えも、女性たちの人生を変えもしないだろう、けれどささやかながら貢献する。サルマが話してくれたピエール・ラビ（フランスの作家であり有機農業を実践する農民思想家。「ハチドリ運動」創始者）のおとぎ話に出てくるハチドリのように。森の大火事のとき、動物たちはなす術もなく惨事を見守っていた。一羽のちいさなハチドリだけがせわしなく嘴《くちばし》に水をたくわえ炎に水滴をかける。アルマジロが言う。憐れなばか者、そんなことしたって火は消えない。わかってる、とハチドリは答える。だけど、せめて自分にできることはする。

ソレーヌも同じ――巣から落ちたちいさな鳥が、火事を消そうとしている。その行為はささやかで取るに足らない――滑稽だ、とも言われるだろう。

だが、自分にできることをしている。

18

その朝、レオナールが電話で様子を尋ねてきた。ハリケーン・シンシアのあともソレーヌは、前線に復帰するけなげな兵士のように施設へかよう。あれから電子機器は家におき、紙と鉛筆を持参している。

だんだん依頼者が増えてきた。ソレーヌは出張サービスの延長を余儀なくされ、夜までずれ込むこともある。仕上げる手紙をよく家に持ち帰り、頭をやすませてから読みなおし、推敲《すいこう》する。夜にアイディアがひらめくこともある。朝早く起きて検討する。紙のうえでは意外と多作で嬉《うれ》しい。言葉を取りもどした。あんなに恋しかった大事な言葉たちがもどってきてくれた。この数年、言葉たちはどこかへ去って消えてなくなったとばかり思っていた。まだいる、すぐそばに。見棄《みす》てられていなかった。

会館での仕事が重宝されるようになる。ソレーヌは申請の文言をつくったり、履歴書に興を添える術にたけている。これらの文書にも創造的な部分があって、そこをはりきって工夫する。嘘をつくのではない、と居住者に説明する——職業の世界では、自分を最高の角度から見せる必要がある。どんな細かな点もおろそかにできない。些細《ささい》なことで印象ががらりと変わることもある。マルシェの屋台で婦人用下穿《ば》きと靴下を売った経験しかない、と言う女がいる。ソレーヌはこんな文句を提案する——「職歴としては既製服《プレタポルテ》業界での販売経験がある」。面接では自分をどう見せるべきか説明する。若い女は満足げに履歴書を手に帰っていく。次の週、店員として採用が決まる——パートタイムの補欠要員で正規社員には遠くおよばない、けれど何もないよりずっとまし。千里の道の最初の一歩。

ソレーヌにはいまや常連の「クライアント」がいて、毎週木曜に顔を合わせる。それに、新顔が噂を聞いて相談に来る。やがて依頼者を手際よくさばく必要がでてくる。出張サービスのはじめは色つきポストイットに整理番号を書き込み、先着順に配る。急いでいる者、不平を鳴らす者、さらにはほかの者と交渉し、スーパーへの買い物などと引き換えに整理券を交換する者がいる。スヴェタナはたいがい最後にやって来る。並ばない。文句を言われても平気な顔でカートを引きずって進み出て、女王の手紙が来ていないか尋ねる——エリザベスは書いてきた？　ソレーヌの返事はいつも同じ——まだ。スヴェタナは肩をすくめ、がっかりしたようにため息をついて去っていく。来週もまた来るだろう。

木曜はいつもこんな感じだ。

午後、ソレーヌは次から次へと手紙を書き、お茶を飲みながら相談にのり、おしゃべりし、スメヤが相変わらず分けてくれるグミキャンディーをためていく。食べない。帰宅してから専用の広口瓶に入れる。瓶のなかはいっぱいになっている。色とりどりのお菓子を眺めて楽しむ。それぞれがちいさなトロフィー、単調で陰鬱《いんうつ》な生活にたいするささやかな勝利だ。

スメヤは口をきかないが、かわりにグミキャンディーが語ってくれる。誰にでもわかる言葉。

ソレーヌは正式にズンバに登録し、タタたちと一緒にファビオの講習を受けている。いぜんリズム感ゼロでも確実に進歩し、いつも古びたレギンスとビンタのTシャツを着ている――返そうとしたが、手紙のお礼に受け取ってくれと言って聞かなかった。ぶかぶかでも着古したセーターみたいでソレーヌには心地いい。タタたちにはよく、からだの硬さをからかわれる。まるでほうきの柄！　とビンタに大声で言われる。骨盤だよ、硬いのは！

からだが反《そ》ってないよ。見てごらん、ぜんぶ腰にあるんだ！　ある日など、タタに輪になってかこまれ、手を叩いて励まされる。流れてくる歌はポケットにある太陽のかけらのことを歌い、それはこの瞬間ソレーヌが、しなやかな肉体でなめらかに動く女たちにかこまれて実感していることだ。再び見出したほんのわずかな光とよろこび。

たまに講習のあともビンタは踊りつづける。ひとりで鏡をまえに、スメヤに故国ギニアの踊りを見せる。からだから不思議なエネルギーと異様な力が発散する。汗だくで息を切らして踊り終える。少女が拍手する。

いつかふたりで向こうへ帰る、とビンタは誓っている。そのときはスメヤも踊るだろう。

ソレーヌは女たちに慣れてきた。ややぞんざいなふるまい、沈黙、謝意のあらわし方に慣れてきた。いつも言葉をもち合わせているわけではない、けれどまなざしが、微笑みが、お茶が、Tシャツがもたらされる。ときには何もないが、たいしたことではない。感謝などソレーヌは期待していない。そのために来ているのではない。レオナールの話では十年この仕事をして、ありがとうを言われたのは三回だという。何百と書いた手紙にたいしてはあまりにすくない。かまわない。役立っているという実感は何ものにもかえがたい。どの手紙も依頼に来る人それぞれにとって重要だ。たとえば、ある女性は彼のおかげで、長年捜していた生みの母と連絡を取ることができた。そろって礼に来た。この話をすると、レオナールはいまだにほろりとする。ふたりで金を出し合って買った箱詰めチョコレートをプレゼントされた――廉価品なのに、あんなにおいしいチョコレートは初めてだった。

ソレーヌが居住者たちに慣れたとして、逆もまたしかり。ほとんどの者に受け入れられている。編み女からさえあいさつされる。もちろん笑顔で駆け寄ってきたりはせず、ただ入っていくと首を動かし、あなたがいるのはわかっている、見えた、としぐさでしめす。ベビー用室内履きの話はしていない。いずれにしてもヴィヴィアンヌはめったに話さない。ひっそりしている。別の人生では修道女だったにちがいない。世間から隠遁《いんとん》するためここで暮らしているかのよう。何があっても動じない、シンシアの怒鳴り声にも、タタのダンスにも。たとえ会館が崩壊したってびくともしないだろう。いつもの鉢植えの陰で編み物を、どこ吹く風で超然とつづけているだろう。

むかしからこうだったわけではない。ヴィヴィアンヌにも人生という劇場で役を演じていた時代があった。妻として、二児の母として、高級住宅地ともいえる郊外で一見、ごく平凡な生活を送っていた。夫は歯科医で、開業するクリニックの秘書をつとめていた。あざは見えないよう、できるかぎり隠していた。ヴィヴィアンヌはスヴェタナと同じ生還者だ。彼女も戦いを生きのびた。セルビアへ行くまでもない。戦いは二十年におよび、ここからそう遠くないバラの植え込みにかこまれた瀟洒《しょうしゃ》な一戸建てのなかで起きていた。敵の身なりは上品で、顔つきは――夫のそれだった。戦場は彼女自身のからだ、朝から晩まで殴られ邪慳《じゃけん》にされ、痛めつけられるからだだった。ヴィヴィアンヌは嫌というほど暴力を受けてきた。ほとんどあらゆる手段で。こぶし、足、アイロン、靴、ベルト。別れてほしいと言ったときは、ナイフ。隣りの住人が通報しなかったら夫に殺されていただろう。

あの陰惨な時代の名残でヴィヴィアンヌは軽く足をひき、頬《ほお》には道化師《ジョーカー》風の傷痕がある。場違いな微笑にみえる。

夫は逮捕され裁判にかけられ、下された判決は懲役五年、うち一年の執行猶予つきだ。

女性の一生を台なしにして五年ですむなんて、とソレーヌは思う。二、三日にひとり、女性がパートナーの暴力で死んでいる。文明国といわれるこの国で。いつまで？　自然界でこんな殺戮《さつりく》ゲームに耽《ふけ》る生物種はほかにない。メスの虐待など存在しない。なぜ人間は破壊し押しつぶさずにいられないのか？　子供もいる。ほとんど語られることはない。夫婦間の暴力の巻き添えになって年間数十人の子供たちが母親とともに、父親に殺されている。

昼間、ヴィヴィアンヌはせわしなく手を動かし、考えない。だが夜は悪夢がよみがえる。

夫が捜しにくる夢を見る。恐怖におののき汗びっしょりで目を覚ます。

そんな悲劇が数年まえに起きた。まさにこの会館で。居住者が元夫に居場所を突きとめられた。ふだん部外者に閉ざされているはずの入口ドアから首尾よくホールに侵入した夫は、銃を所持していた。おびえる居住者や職員を威嚇しながら階上へあがった。とうとう友人の部屋に逃げ込んでいた元妻を見つけだした。銃口を突きつけ撃ち殺した。事件は新聞の地域版の見出しを賑《にぎ》わせた。

三日後、また別の女性が国内のどこかで斃《たお》れた。これが毎週、毎月、一年中つづく。

ヴィヴィアンヌはここに住むことを誰にも明かさなかった。引っ越すとき、まえの生活も家も友人もすべて棄《す》てた。子供たちはもう大きい――めったに会わない。施設に住むと言い出せなかった。子供たちに恥をかかせたくない。引きこもっているほうがいい。手編みの衣類を定期的に送る。それが彼女なりのやり方、子供たちに思いをつたえるやり方だ。愛している。忘れていない。

郊外の瀟洒な一戸建てを離れ、移り住んだのは十二平方メートルの部屋。かまわない。すくなくとも安全だ。ヴィヴィアンヌにはもっとましな生活を要求する資格もない――これまでの人生、申告もせず無給で働いてきた。「協働配偶者」と称される現実。聞こえはうるわしい事実上の搾取。ヴィヴィアンヌには失業手当も年金も、なんの権利もない。まるで遊んで暮らしてきたかのよう。ふいになった二十年の労働。

職は探したが五十七歳では望むべくもない。だからヴィヴィアンヌは日がな一日編み物をしている。秘書時代の名残で几帳面で規則正しい——平日は十時から十八時まで、土曜は十九時まで、路上で作品を売る。日曜と祝日は働かない。毎朝クリニック時代と同様、身支度をととのえる。つねに一分の隙もない完璧な身だしなみ。物乞いをしたことはない。似つかわしくない。施しは受けず、自分で編んだ物を売る。

路上で寒さに凍えてすわる彼女を、ソレーヌはたびたび見かける。この物静かな女性はわたしの母でもおかしくなかった、と思う。夫が別の人だったらどんな人生を送っていただろう、とつい想像してしまう。選択を誤ることはある。間違いは誰にでもある。誤った選択の償いに一生をついやす。そんな生き方をして当然の人間なんて、ひとりもいない。

ヴィヴィアンヌは会館の住人とつき合いをもたない。それでも一緒にいるのはまんざら悪くないと思ってるようだ。ちいさなスメヤはときどき、広いロビーの鉢植えの陰に行って隣りにすわる。指先で躍る編み棒を飽きもせず見つめている。ヴィヴィアンヌから毛糸の房飾りや人形用の服をもらう。数日まえには極小のカーディガンと帽子をさしだされた。スメヤは黙って受け取った。話さなくていい。言葉なしで通じ合う。目下、ヴィヴィアンヌにセーターを編んでもらっている。色はかごの毛糸玉からスメヤが選んだ。赤と黄色と緑で、灰色の冬を撥《は》ねとばす。

こうして会館の生活はシンシアの怒声とヴィヴィアンヌの編み物、タタたちのお茶のあいだを流れていく。不穏な波瀾《はらん》をふくみ泡立つ大河のように流れていく。ここではすべてが壊れやすい。バランスは危なっかしくもかろうじて保たれている。

施設のドアをあけたら何が目にとび込んでくるか、何が待ち受けているか、ソレーヌには皆目わからない。どの木曜も、たっぷり驚かされる。毎回どんでん返しに事欠かない。出会いはどれも一大事だ。

19

一九二五年、パリ

どうやって金を工面する?

アパルトマンのリビングでペイロン組は作戦会議をひらく。アルバンは落ち着きなく歩きまわる。かたわらのブランシュは驚くほど冷静に胆《はら》をくくっているようだ。戦闘の指揮官さながら会館獲得をかけた戦いのプランを練る。手はじめに、買収に必要な三百五十万フランを調達しなければならない。それと別に工事費がかかる。公証人の経費、各室のリフォームと調度にかかる費用、業務部門や付属施設の設置費、すべてカバーするのにこの倍は必要となる。アルバンは顔をくもらせる——救世軍に予算はない、通常業務の経費をまかなうだけで手いっぱいだ。将校の給与、賃貸料、引退者の年金、旅費、士官学校の運営費……。フランスの救世軍に常設基金はなく、ロンドンの国際本部からの援助もあてにできない。会計はかんばしくなく財政状況に余裕はない。

それはむかしから同じ、だからどうだっていうの？　とブランシュは言う。イラクサの煮込みで空腹をしのいだことを思い出させる。新婚のアパルトマンに救世軍から支給された三脚の椅子のことも――うち二脚はどちらも脚が一本壊れていた。いつだって切り抜けてきた、とつづける。何百万フランだろうが工面する。ペイロンに不可能はない！

ブランシュはつかつかと寝室へ行き、クローゼットからアルバンのスーツケースを取り出す。憐《あわ》れなスーツケースは国じゅうをめぐってきた。ペイロン組は自分たちでもわからないほど多くの時間を旅路にすごしてきた。地方へ外国へ出張に明け暮れる生活。アルバンにとって旅など何ほどでもない。

ロンドンへ行って将軍に話して、と彼女が言う。

ウィリアム・ブースの長男ブラムウェルは、一九一二年の父の死去にともない救世軍のトップを引き継いだ。ブラムウェルは賢明で思慮深く、ペイロン組が承認をもとめる企画に、いつも温かい配慮をしめしてくれた。

アルバンはロンドンから千ポンドの小切手をたずさえて帰国する。救世軍のトップにはこれが精いっぱい。だが生命保険会社から物件買収に必要な額の融資を取りつけてくる！

一九二六年一月九日土曜日、アルバンは正式な買い主として、シャロンヌ通り九四番地の物件を救世軍のために取得する。不動産取引にブランシュの名はあらわれない。女性は銀行口座の名義人になれないため取り引きはアルバンが一手におこなう。

物件を取得したいま、やるべきことは改修資金の調達だ。ブランシュは後援会の設立と大々的な募金キャンペーンを提案する。新聞はじめメディアに声明を出し、政財界、法曹界、官界の重鎮とコンタクトを取ろうとする。アルバンが数か月まえ、人民会館創立の際に会ったフランス共和国大統領ガストン・ドゥメルグに、後援会会長を引き受けてもらうため会見を申し入れる。

ペイロン組は前例のない一大キャンペーンを展開する。会見や講演会をかさね、記事を書き、パンフレットやチラシを作成する。イラストつきステッカーが印刷配布され、将校たちは地方へ派遣され、町から村をまわり、軒から軒、各階のアパルトマンのドアを叩いてまわる。ブランシュは部隊に発破をかける。「援助していただけるよう力を尽くし、話し、書き、あつめるのです！」。部下に訓示し人を動かすことにかけて彼女の右に出る者はない。「中世に大聖堂を建てたのはつつましい労働者の寄合です。どれほどわずかでもかまいません、寄付金を送ってください。ささやかな流れがあつまれば大河となります！

ご自分で行動できない方、わたしたちが行動するのを助けてください、迅速に、寛大に、よろこび勇んで支援してください！」

　巧みな演説でおおいに貢献する。からだの不調やエルヴィエ医師のたびかさなる忠告にもかかわらず、ブランシュはやすみなく演説会や講話をおこない、緊急かつ壮大と彼女が言うプロジェクトへの賛同をもとめる。最下層の民衆から上流著名人まで、あらゆる聴衆をまえに話す。演壇の縁に進み出て、片手をあげプロテスタントの敬礼をすると、会場は水を打ったように静まり返る。パリには心がないのでしょうか？　とまず問いかける。かつてフランスは飢えを体験しました。いまは住まいに飢えています。寝る場所がなく多くの人が死んでいます。恐ろしい数字をあげる――パリ市だけで住み処のない者が五千人。救世軍の父ウィリアム・ブースの言葉を引用する。「苦しむ人を見れば否応なく二つの疑問にとらわれる――原因は何か？　そして、どうすれば解決できるか？」。身寄りのない女性たちの悲惨な境遇に関心をもってもらおうとする。聴衆のなかの妻や母、娘たちに、姉妹《なかま》が安全な場所で眠れることを望む女性聴衆に呼びかける。男性聴衆にはその道義心、生みの母への感謝の念に訴える。

　聞く者はみな引き込まれる。ブランシュの言葉に喝采がわくこともめずらしくない。よどみない演説は独創的で説得力あふれ、引用がふんだんにちりばめられる。ルツ記から

「娘よ、わたしは、あなたが幸せになれるような安らぎの場を探さなければなりません」、あるいはエゼキエル書から「わたしは失われた者を探しもとめ、散らされた者を連れもどし、傷ついた者をつつみ、病める者を力づける」。聖書のほかヴィクトル・ユゴーの言葉も引用する。もとめてやまなかった説教する権利、それを女性に認めてくれた救世軍に立てつづけの演説をもって百倍にして返礼する。

ブランシュは恐るべき実効力をもつ。救世軍の強力な武器だ。さしだした手は望みの物をつかまぬかぎり引っ込めない。ローマ通りの本部オフィスで何百もの手紙をしたため、口述筆記させる。咳《せき》の発作に打ちのめされるか、アルバンに帰ってくれと懇願されないかぎり、やめようとしない。

後援会がいち早く結成される。顔ぶれは国務院議長、外務大臣、財務大臣、内務大臣、労働大臣、法務大臣、警視庁総監、社会扶助機構会長、フランス銀行理事、さらに上院下院議員、諸自治体首長、大使、大学総長、各日刊紙主筆、フランス学士院《アカデミー・フランセーズ》および医師会会員、各銀行頭取そのほかの歴々だ。アルバンは共和国大統領との会見から意気揚々と帰ってくる――ガストン・ドゥメルグ大統領は後援会会長就任を承諾してくれた！　そのうえポケットマネーから寄付金を出してくれた。

アルバンはいっそう精力的に活動する。国内屈指の銀行家や実業家を訪ね寄付をもとめる。ロスチャイルド兄弟、ラザード兄弟、プジョー兄弟の息子たちは事業の緊急性を理解したとみえ、莫大《ばくだい》な資金を拠出してくれる。

寄付が殺到しはじめる。カテゴリーは「創立者」（一万フラン以上の寄付者）、「慈善家」（五千フラン以上）、「寄付者」（千フラン以上）。より少額の寄付も感謝をもって受領される。宝飾品や美術品も受けつけ、会館設立のために換金される。あらゆる階層の人々がこの大規模な連帯運動に参加する。ブランシュのオフィスにはムーラン・ルージュの踊り子がのり込んできて大義のために首飾りをさしだす。

まもなく出資者リストが機関誌『前進』に掲載される。返礼として希望者には完成した会館の各室ドアに、名前もしくは好みの言葉を刻印することが提案される。運動の未曾有《みぞう》の盛りあがりは新聞でも取りあげられる。『ル・タン』、『ルーヴル』、『ル・マタン』、『ストラスブール新報』、『ル・シエクル』、『ル・プログレ・シヴィック』、『ラルザス・フランセーズ』各紙に関連記事が掲載される。大量に印刷された救世軍のイラストつきステッカーは、いたるところで目に入る。

後援会はパリのやんごとなき場所で会合をかさねる。一九二六年二月十七日にコンティネンタル・ホテルの豪奢《ごうしゃ》なサロン。三月二十八日にはボーヴォ広場の内務省貴賓室。回をかさねるたび、ブランシュはいっそう熱のこもった演説をする。おおぜいの聴衆をまえに貧窮女性の立場を代弁する。会館の個室ひとつで実現する女性の再起の展望について語る。

会館には七百四十三室ある。

七百四十三室で、七百四十三の人生が救われる。

皆さん一人ひとりにお尋ねします、と歯切れよく語りかける。わたしたちは自分が拒むような生活環境を他人には容認するのですか？　見棄《みす》てられた母親がひとり奮闘し、子供についていてやるかわり、食べさせるため売春するのを平気で見ていられるのですか？

列席するアルバンは感動し、誇らしく耳を傾ける。ブランシュは熱に浮かされたように力づよく、そうかと思えばやさしく、ときに鞭《むち》のように痛烈だ。雄弁の才能ははかりしれない。聞いていると、別の人生なら弁護士になっていてもおかしくないと思う。すべての素質がそなわっている。

彼女は臆さず高みをめざす。月はおろか、星もぜんぶ手に入れないと気がすまない！と救世軍の仲間うちで評される。社会のどん底をたゆまず歩いてきた彼女が、いま最高特権階級のパーティーに招かれる。ブランシュはそれをいっさい鼻にかけない。セレモニーの豪華絢爛《けんらん》も何ほどでもない。重要なのは訴えにきた大義だけ。

世論が変わりつつある。四月二十四日、ソルボンヌ大学の大講堂で二千五百人の聴衆をまえに、厚生労働大臣は高らかに敬意を表明する。「長年にわたる閑却と忘恩、無理解に苦しみながら、本事業の発起人は博愛を武器として、国民のための新しい社会を構想し、その実現に尽力されています」。この言葉は救世軍の歴史のターニングポイントとなる。たんなるねぎらいを超えた名誉回復であり、事業にたいする公式な承認と感謝の表明だ。「貧困という強敵に真心の結束で立ち向かっておられます。木の善し悪しは果実で決まる。さて、これはすばらしい果実です。この果実を産むものの悪かろうはずがありません。興味本位の関心ではなく実質的な支援を得てしかるべきであります」と締めくくる。ブランシュは感無量で、救世軍兵士らが初期に浴びせられた冷やかしや嘲弄《ちょうろう》、罵倒《ばとう》を思い返す。レンガや腐った卵、ネズミの死骸を投げつけられた彼らが、いま模範として讃《たた》えられている。努力が広く認められ敬意を払われている。注目を浴びて有頂天になるどころか、闘争の緊急性と必要性をあらためて痛感し、気を引きしめる。

出資金登録に拍車がかかる。百万フラン到達が目前となる。ブランシュはよろこぶが冷静だ。まだまだ巨額の資金をあつめねばならない。
会館の一大英雄伝は始まったばかり。

現代、パリ

20

正直なところ、当惑させられる依頼もある。

ある木曜の午後、ソレーヌがロビーのいつものテーブルに腰をおろすと、初めての女性が訪ねてくる。顔だけはズンバで見かけて知っている。ほっそりしとやかな物腰のイリスは、睫毛《まつげ》の濃い繊細な顔だち。声をひそめて、お願いしたいのは特殊な用件なのだと言う。ここでは話しにくいから六階の自室に来てもらえないか、と頼まれる。そうすれば落ち着いて話せる。ソレーヌはあわてる。会館のプライヴェートなスペースに足を踏み入れたことはない。居住者の個室に入ることは一線を越えて私的な領域に侵入すること。そう思うと落ち着かない。部屋には行けない、出張サービスはいつもここでやっているのだから、とイリスに説明する。それでも秘密は厳守する、相談の内容は他言しない、それは約束する。

イリスは気落ちした顔をする。ちいさな声で、わかります、と答えてしょんぼり去っていく。ソレーヌは席を立って追いつく。追い払うつもりはなかった。どっちみち今日は人がまばらだし……。階上へ行くことを承知する。例外的に、だが長くはいられない。前例をつくりたくない。それに居住者たちはいつも下に相談に来るのだから、自分が来ていないか帰宅したと思われては困る。

イリスは先に立って大階段へ進む——エレベータはつかわない、と言う、閉所恐怖症だ。六階までのぼるのはズンバ講習にはおよばないけれどカロリー消費になる。すこしからだを動かすのも悪くない。施設に住んでいるからといって、からだに気をつけていないわけではない。

六階に着くと、はてしなくつづく廊下に個室が並んでいる。ソレーヌはドアに貼られたプレートの人名や引用句を眺める。あるドアのまえで足をとめる、格言が刻印されている——「人は自分で思うほど不幸でもなく、望んでいたほど幸福でもない」。フランソワ・ド・ラ・ロシュフーコーの名が入っている。この手の場所には一風変わった選択だ、とソレーヌは思う。

イリスが鍵を開けドアをひらくと、こぎれいな小部屋があらわれる。ソレーヌは室内の一人用ベッド、中庭に面した唯一の窓、ちっぽけな簡易台所を眺める。浴室とトイレもある、とイリスが言う。全生活が数平方メートルの空間にある。部屋の狭さは苦にならない。そしてヴァージニア・ウルフを引用する——自分ひとりの部屋を持つのは初めて。文学的な目配せにソレーヌは意表を突かれた顔をする。イリスは面白がって微笑む。施設に住んでいるからといって教養がなくていいわけではない。

やられた。

一脚だけの椅子はソレーヌに勧め、自分はベッドにかける。しばし沈黙したあと、話を切り出す。相談にのってもらいたいのはごく私的な手紙のこと。より正確には告白の手紙。愛の告白を、会館で働いている人にしたい。

ソレーヌは何も言わない。興味津々だが顔には出さない。イリスに先をつづけさせる。

詳しい話に入るまえに、まず生い立ちを語りたがる。イリス《Iris》は出生時の名前ではない。別の人生ではルイス《Luis》という名だった。たった二文字の住民票上のささやかな変更。彼女にとっては大きな一歩。両親には恥。メキシコ人の父とフィリピン人の母のあいだに生まれた——へんてこなミックス、とユーモアでもなく漏らす——ルイスは誰からも理解されない子供、苦悩するティーンエイジャー。違いのために家族からは拒絶され、どうあってもアイデンティティを転換しようと決意する。これまでの人生は施設への緊急収容、路上生活、低賃金の短期労働、自殺未遂の繰り返し。手首の傷痕がそれを物語る。イリスは虐待と売春を体験した。絶望のいちばん下のレベルまで落ちた。どん底まで行ったら、あとはのぼるだけ、と言う。

あるソーシャルワーカーとの出会いがすべてを変えた。

三十歳にしてイリスはようやく自分らしく生きている。ここで自分を立てなおしている。いま、ようやく自分にも未来があるかもしれない、苦しみと排除以外の人生を手にできるかもしれないと考えはじめている。


それでも、まだ受け入れてもらうのは容易ではない。会館は彼女の来るところではないと考える住人の敵意にぶつかることもある。嫌というほど軽蔑《けいべつ》されてきた。ここの女性は人生の不遇のため差異に寛容になっていると思われがちだ。全然そんなことはない。人種差別をする人もいる——イリスはそう言ってはばからない。自分たちのほうが手厚い待遇を受けて当然なのにと言って、同じ条件で入居している難民を目の敵にする。そんな発言はここでも耳にする、と嘆く。会館では誰が誰に投票しているかわかるものだ。

彼女の心にかなったお相手はほかでもないファビオ、ズンバの若いインストラクターだ。初めて彼を見たとき失神しそうになった。どこに心を掻《か》き乱されるのかわからない。もしかしたら南米のルーツ、誰にも真似できない骨盤の動かし方。でなきゃ、あのリズム感、それかブラジル訛《なま》り……。若い彼が踊るのを見ただけで鳥肌が立つ。悪魔のからだに宿る天使、と微笑む。イリスはむかしからスポーツが得意ではない。ズンバ講習は彼の姿を見たい一心で申し込んだ。いちども休んだことはない。かけがえのないひとときを待ちわびながら一週間をすごす。昼も夜も想っている。

ファビオをひそかに想って一年。ここではサルマにしか本心を明かさない。そのサルマが最近、ファビオは独身だと教えてくれた。会館のみんなの内緒話を聞いていて、なんでも知っているのだ。イリスは告白を決意した。事は微妙だし、ファビオを怖がらせたくはない。彼女が控えめに違いと呼ぶものが関係の障害になりうることはわかっている。かまわない。危険が大きければ大きいほど、それは大恋愛となり壮大なプロジェクトとなる。彼女のではなくダライ・ラマの言葉、ノートにメモしておいた。

イリスは内気だ。若いインストラクターに面と向かって夕食や飲みに行こうなんて誘えない。だから詩を書いた、孤独な夜に。ソレーヌに読んで意見を聞かせてほしい。間違いの訂正も。綴《つづ》りにつよかったためしはなく、ましてフランス語は得意ではない。母語ではないけれど、本当の母語よりも好き。正しく書きたい。

詩なんて時代遅れなのはわかっている。ソーシャル・ネットワークや携帯電話の時代、ふつうならテキストかセクストを送る。インターネットと出会い系サイトが恋愛関係をインスタントで直接的なものに変えた。だがイリスはロマンティストだ。そういうもの——自分をつくり変えることはできない……。

こう言ってにやりとする。自嘲のセンスがソレーヌには好ましい。イリスは頭が切れる。繊細で教養がある。別の状況なら友達になっていてもおかしくなかった。

フルーツジュースのグラスをまえにイリスがソレーヌに語るには、父の故国メキシコには代書人が多い。サント・ドミンゴ広場の競争は激しい。営業場所を獲得するには文法と綴りのテストを受ける。代書人にはそれぞれ専門分野がある。おじはかつてちいさな露店を出し、私的な手紙を売りにしていた。ある日めずらしく不在にしたのをいいことに、同業者たちはおじが死んだという噂を流し、顧客を横取りしようとした。夕方ようやく姿をあらわしたおじに、年寄りの女が悲鳴をあげた。幽霊に出くわしたと思ったのだ。おじはよくこの話をした。ほかにもたくさん話を知っていたが、いちばん気に入っていた。

イリスは口をつぐむ——なんておしゃべり、聞き手がいいと何時間でも話していそう。ソレーヌの時間を無駄にできないのはわかっている。部屋の備品のちいさな机の抽斗《ひきだし》から詩を取り出す。もじもじしている。気おくれする、と漏らす。書いたものを人に見せるのは勇気がいる、ソレーヌにもわかる。高校時代、フランス語の教師にノートをわたしたことを思い出す。一歩踏み出すまで何か月もかかった。紙をひらいて見せるだけのことに度胸がいることもある、と思っていると、イリスが詩を声に出して読みはじめる。

耳を傾けるソレーヌは、胸を打たれている。イリスの言葉は不器用でうぶで、ふぞろいで規則にしたがわず混乱させられるが、本物だ。韻が弱く、脚韻はぎくしゃくしている、けれど詩はしっかりと地に足をつけている。ソレーヌは思わず感動している。いくら記憶をさかのぼっても、こんな告白をされたことはない。わざわざ詩を書いて感情を吐露されたことなどない。

これくらい大胆になれればよかった。ジェレミーに別れを告げられたとき、言葉は残酷にも去っていった。ひょっとして、いくつかの韻、ほんのちょっとの度胸ですべてが変わっていたかもしれない……。ほんのすこしの詩情《ポエジー》で、ひょっとしたら？

イリスには構文法も語彙《ごい》も欠けている。ほとんどすべて欠けているが情熱には事欠かない。詩を聞くうち、ソレーヌは鳥肌が立つ。シラノ（ロスタン作の戯曲『シラノ・ド・ベルジュラック』の主人公。大鼻の醜男だが寛大で才気あふれる剣豪詩人。十七世紀に実在した人物をモデルとする）のことを考える。ロクサーヌへの燃える恋情をクリスティアンから打ち明けられるシラノ。会館では実在のシラノ・ド・ベルジュラックが埋葬されているのは、伝記にあるサノワではなく、ここ、図書室の下のどこかだと言われている。かつて敷地内にあった修道院で修道女になった縁者に匿《かくま》われ、その腕のなかで息絶えたとか。シラノの魂はひょっとしてまだここを、壁のなかをさまよっているかもしれない。今日のイリスの言葉のなかにも、詩の行間にもすこしだけ。

ソレーヌはビンタのいいいねを拝借する。イリスを安心させる。詩は完璧、何も変えることはない。いくつかの間違いを訂正し、二、三の言いまわしをととのえれば出来あがり。あとは当人にわたすのみ。イリスは意を決する。次のズンバ講習で……。

ロビーまで大階段をおりながら、ソレーヌは詩を読むファビオのリアクションを、つい想像する。自分のように心を揺さぶられてほしい。イリスの言葉をきっかけに関係が始まりますように。そう思うとほろりとして、仕掛人か共犯者にでもなったような気がする。さながら会館のシラノ。

へたをするとイリスの言葉で恋に落ちたくなるところだった。人生に甘さをもたらすのに詩にまさるものはない。思春期には図書館から詩集を借りてたくさん読んでいた。言葉が奏でる調べに酔い痴《し》れ、秘密の旅に誘われ、他人には言えない快楽のようにひそかに味わっていたものだ。それから大人の生活がやって来て、詩も頭語反復も比喩も一掃された。ひょっとして、恋愛はまだ手遅れではないかもしれない。詩だって。

まだ遅くはない。

そしてソレーヌはふだんの生活へ、ロビーの旋風のなかへ頰《ほお》をほんのりバラ色に、心臓《ハート》をほんのり赤くしてもどっていく。ほんのかすかな希望と幸福。

21

その朝、ソレーヌはクローゼットからジェレミーのカシミアセーターを取り出しバッグに詰め込む。棄《す》てるときが来た。すぎたことをくよくよしていたら将来の見とおしも立ちやしない。ソーシャルワーカーのステファニーにわたすつもり、会館の地下に古着バンクをつくったばかりだ。

クローゼットに整然と架けられたスーツを眺め、ソレーヌは法律事務所で着ていた洋服が、いまの自分にまるで似つかわしくないと思う。もうあのころの自分ではない。ふいに空《から》っぽにしたくなる。居住者たちには足りないものばかり、服を買う余裕もない。面接に着ていけるジャケットやブラウスがあればよろこぶだろう。洋服は傷んでいない。ソレーヌはよく手入れをしていた。新品同然のものもある。

ぜんぶ寄付して、すっきりする。身軽になる。過去にさよなら。そしてジェレミーにも、さよなら。

本も会館の図書室に寄付しよう。地下室《カーヴ》のダンボール箱で眠っているより、向こうのほうが役に立つ。さっそく地下へ見に行き、過去にタイムスリップする。思春期にこよなく愛した本たちがそこにいる。引っ越しのたびついてきたが、ソレーヌは箱から出しもしなかった。埃《ほこり》をかぶっていてもそのままになっている。『船出』、『ダロウェイ夫人』――ヴァージニア・ウルフはお気に入りの作家だった。『自分ひとりの部屋』もある。ソレーヌはページをくり、ところどころに目をはしらせる。読んだのは十七歳のころ。ウルフのエッセイにつよい印象を受けた。ヴァージニアは説く、書くために女にはすこしの空間とお金がいる。それと時間。

このあきらかな事実にはっとして、ソレーヌは本を閉じる。三つともある。

ではなぜ書かないのか？

苦難に満ちた人生を送るイリス、会館の狭い部屋に住むイリス、何も持たないイリスには乗り出す力があった。貧困にも詩情のほとばしりはとめられなかった。施設の大階段をおり、文房具店まで行ってノートを買い、無造作に取りかかったのだ。自伝的小説のあらすじを書いた、ともソレーヌは打ち明けられた。だけど見せるにはまだ早い。

ソレーヌはむかし書いていた詩を思う。法律事務所時代に転居をかさねるうちどこかへ行ってしまった。ノートは実家の子供部屋の棚の奥にあるはず。二十年以上そこで眠っている。


いつか小説を書こうと自分に誓っていた。そんなことが可能なのか？　展望に惹《ひ》かれると同時に怖《お》じ気《け》づきもする。書いたものを読み返し、つまらないとわかるのが怖い。これほど長い年月がたってから才能がなかったと悟るなんてつらすぎる。弁護士になったソレーヌには妄想に、妨げられた夢に耽《ふけ》っていられた。疑わしきは罰せずの恩恵を受ける夢。可能性を思い描いていられる夢。現実に直面するのは危険がともなう。野心に見合う度量が必要で、野心とはつねに高いものだ。

ふいに恥ずかしくなる。なんて臆病なんだろう。自分の十分の一も教育を受けておらず、フランス語の基礎も満足にマスターしていないイリスは臆せず飛び込んだ。ファビオからどう見られようと、ソレーヌの目にどう映ろうと恐れない。ありったけの勇気を掻《か》きあつめたソレーヌよりずっと果敢ではないか。こっちは忘れられた夢のまえでおののいているというのに。

じたばたするのはもうやめよう。あきらめのつかないところまで来てしまった。会館の住人たちはそうとは知らずに自分を崖っぷちに追いつめた。ビンタやイリスに言葉と再び関係を結ばされた。言葉たちがもどってきてくれた、また裏切ることはできない。二十年以上まえに端を発した道を突きつめなくては。もしかして、これがセラピーの意義なのかもしれない――人生の流れに、抜け出した地点から入りなおす。勇気がいる。だがいまのソレーヌにはある。

すかさず実家に電話をかけ、次の日曜のお昼に行くと告げる。

実家には長いことご無沙汰だ。妹も子供と夫を連れてきている。ソレーヌが元気そうで皆よろこんでいる。彼女はくつろいで笑顔も見せる。薬は徐々に減らしていると言う。父親からいつ法律事務所に復帰するのか訊《き》かれると、言葉を濁す。別の計画がある。話題が妹のいちばん下の坊やの手柄話に移る。これに乗じてソレーヌは席をはずし、かつての自室に閉じこもる。時代遅れな色の衣類、なぜか大事に保管されている古い手帳、LPレコード盤、借りたままのVHSのカセット、はがきや手紙、映画のチケットでいっぱいの靴箱――ああ、何も棄てずにため込むこの習癖、埒《らち》もない思い出の痕跡で、すぎ去った青春を保存しているつもりなのか――の堆積を掻き分け、クローゼットの奥に隠れていた詩のノートの束を見つけ出す。中身はパリに帰るまで見ない。

一晩中ノートを読み、夜明けになってようやく閉じる。

正直に言おう、たしかにどうにも青臭いところはある。不器用で大袈裟《おおげさ》な言いまわし、まるごと削除したほうがいいフレーズもある。だが、全体としては悪くないようにみえる。荒削りではあれ文体の萌芽《ほうが》のようなものがある――間違っているかもしれない。早まった判断はできない。こと言葉が相手だと何が起こるかわからない。手つかずの自分が行間にいるのを見出しほろりとしている。見つけた。人生の舌足らずの段階に無垢のまま、縛られも損なわれもせずそこにいる。

にわかに欲求がよみがえる。むかし自分に誓ったように小説に打ち込みたい。信じたい。人生はまだこれからだと考えたい。ペン一本ですべて変えられる。ほんのちょっとの詩情で人生やりなおせる。

イリスにならって文房具店へ行き、ノートを買って書きはじめる。言葉たちは長いあいだおあずけをくっていた。

もう書くしかない。

22

そこにある。見えないけれど、たしかにそこに。非常線でも張られたようにがらんとした、誰も踏み入らない無人地帯《ノーマンズ・ランド》、まるで立入禁止の柵でもあるかのよう。

ソレーヌはパン屋のまえの雑踏、若い女ホームレスを避けてとおる人々を眺める。ほとんどはホームレスを見ない。障害物かオブジェのようによけるだけ。小銭をやる者はめったにない。微笑み話しかける者はもっと稀《まれ》だ。

ソレーヌはまだ会話をするところまで踏み込めない。だんだん頻繁に立ちどまっては、コップに小銭を入れるだけ。ときにはクロワッサンかバゲットをさしだす。交わす言葉はあいさつにかぎられている。こんにちは、さようなら、ありがとう――ホームレスはいつも礼儀正しい。ソレーヌはなぜためらうのかわからない。会館では新しい住人にもすすんで声をかけている。おっかなびっくり悲惨な境遇に接することはなくなり、身近になった。先行きの不安という言葉はもう漠然とした概念ではなく、ビンタやヴィヴィアンヌ、スヴェタナの顔をもって具体化した。むやみに怖がったりしない。

外では違う。安心できる会館のなかではできても、ここ、パン屋の店先では二の足を踏んでしまう。若い女ホームレスに声をかける、それはつながりをもち気持ちをかよわせること。会話をする、それは相手を同じ人間と見なすこと。そのあとでは避けたり無視したりできなくなる。

一歩踏み出せない自分が恥ずかしい。法律事務所時代のように、忙しいと言い訳できればよいのだが。それは嘘になる。ためらうのには別の理由、なんとも言えない感情がある――なにも自分が責任を感じなくてもいいではないか。会館で務めは果たしている、それで十分ではないか、と意気地のなさを正当化しようとする。かつては多くの人がするように物乞いとすれちがうときは目を伏せていた。ときには反対側の歩道へ移動すらして、目を合わせないようにした。当時は自衛のためと自分に言い聞かせていた。そんな言い分に納得し、折り合いをつけていられた。しばらくまえからそれができない。

夜ベッドのなかで、あの若いホームレスはどこで寝ているのだろうと考える。施設で？

駐車場で？　それとも、どこかの空き家？　パン屋の営業時間中は軒先に、石畳にひざまずいている。悔悛者《かいしゅん》のように。罪人のようにひざまずいている。
道にひざまずく女性、それは世間をあっと言わせてもおかしくないのに。動揺する者はいないか、いてもごくわずか。イメージが頭から離れない。ソレーヌにはどうしてもふり払えない。なかなか寝つけないときもある。

こんなことの発端はわかっている。

ある静かな昼下がり、会館でのこと。出張サービスの時刻まえに着いた。ロビーに人影はなく、荷物女だけが片すみでうたた寝していた。入っていくと目を覚ますところだった。ソレーヌがひとりでいるのを見て近づいてきて、すわってもいいか尋ねられた。ソレーヌはどうぞと椅子を勧めた。書くべき手紙があるわけでも助言が欲しいわけでもないのはすぐわかった。ただ話を聞いてほしかったのだ。ソレーヌはそのためにいるのではない、と遮《さえぎ》ろうとした。入院していたとき世話になった看護師や看護助手のことを思い出した。毎日わたされる睡眠薬や鎮静剤以上に、温かな思いやりに救われ支えられた。なに気ないしぐさや微笑みを侮《あなど》ってはいけない。威力がある。城壁となって孤独や衰弱から守ってくれる。だからソレーヌはあの日、荷物女にそのまま話をさせた。ペンの代わりに耳を貸した——裁くことなく受け入れる耳。
会館での呼び名「ラ・ルネ」は路上生活の仲間からつけられた。十五年間、路上で暮らした。帰る場所も家族もなく十五年。ベッドで眠らず十五年。それ以来、ラ・ルネにはできなくなった。閉じ込められた感じがして自分の部屋で眠れない。公共スペースで荷物にかこまれて寝るほうがいい。身のまわり品をロッカーにしまえない。盗まれそうな気がする。肌身離さず持っていないと落ち着かない。昼も夜も、全生活の入った大荷物を引きずって歩くカタツムリ人間。

お気に入りの場所はランドリー。よく機械のそばで洗剤や柔軟剤のにおいにつつまれて眠り込む。会館の職員は大目に見てくれて、ときには一夜をすごさせてくれる。ラ・ルネは洗濯機の規則的な振動と清潔で爽《さわ》やかなにおいにひたって眠るのが好きだ。乾燥機が吹き出す温かく湿った空気で、部屋は冬でも心地よい。文句を言われたり、洗濯物を取り出すために押しのけられることもある。ラ・ルネは抜け目なく立ちまわる——路上で十五年暮らせば嫌でも身につく。放っておいてもらうかわり、洗濯物の見張り役を買って出て、衰え知らずに頻発していた盗難はなくなった。数週間にしてラ・ルネは自他ともに認めるランドリーの番人となった。ときには病気の住人のため洗濯物を階上まで届けてやることもある。

もちろん機械の操作はいちから身につけねばならなかった——忘れていた。そのほかのことも。路上暮らしで服は洗わない。コインランドリーに必要な数ユーロがないし、古着バンクで服を見繕って古いものは棄《す》てたほうが楽というものだ。

十五年の路上生活、それは十五年の昏睡《こんすい》状態のようなもの、とラ・ルネは言う。目覚めたときには、日常の所作をいちいち思い出し、また身につけねばならない。料理、ベッドでの睡眠、食器洗い、シーツ替え、どれも元ホームレスには難題だ。日常生活をかたちづくる無数のなんでもないことは、すべて路上に棄て去っていた。サルマとほかの職員はその長い再習得に付き添う。交通事故や大やけどの生還者のリハビリのように。

ラ・ルネには人生が三つあった。ひとつは苦難のまえの人生で、その話は絶対しない。それから路上の人生、これにのみ込まれて最初の人生は消えた。過酷な年月の窮乏、寒さ、人々の無関心、暴力について話す。外では何もかも盗《と》られる。金も身分証も電話も下着も、歯のかぶせ物すら盗まれた。レイプもされた。五十四回。ラ・ルネは数えていた。

レイプ五十四回。傷つき疲弊したからだに五十四回の冒瀆《ぼうとく》。ありえないような現実は医師の診断で確認された。メディアはめったに触れない。ホームレス女性のレイプは人まえに出せる話題ではない。フランス国民が食卓につく夜八時のニュースで取りあげるには、気が利かない。夕食を終え眠りに就こうというときに、自宅アパルトマンの下で起こっていることを、人は知りたくない。目をつぶるほうがいい。

眠り、夢を見る。ホームレス女性には手の届かない贅沢《ぜいたく》だ。外では簡単に餌食《えじき》となる。貧困が恐怖をせきとめてくれるわけではない。ラ・ルネは深夜に身を潜めていた駐車場で蹴られて目覚めたのを憶えている。男たちの怒号がまだ耳に残っている。酒に酔ったホームレスのグループ。そのあとされたことは話したくない。呪われた記憶、ほかの多くの記憶とともに忘れようとしている。

眠ったらおしまい。ラ・ルネは外での夜明かしをこうまとめる。眠り込むくらいならなんだってする。歩き、バスに乗り、また逆方向のバスに乗る。途方もない距離を移動した。パリ＝ニューヨーク間に匹敵する徒歩移動。日暮れに脚があまりに痛んでもげるかと思ったこともある。それでもとまってはいけない。毎晩繰り返される終わりのない堂々めぐり。目的地のない旅。終着のない出発。

襲われないため、ラ・ルネは髪を切って女にみえないようにした。女とわかれば路上では生き残れない、と言う。実際に見えなくなって社会的にも存在しないことになる恐ろしい悪循環。不可触民、人間界の外側をさまよう亡霊だ。

地獄は十五年つづいた。だいたい、とラ・ルネはつけくわえる。眠らないと時間の感覚がなくなる。路上で暮らすうち時間が風船みたいに膨張する。日にちも月も年も数えなくなる。いちばん怖いのは地下鉄だ。近寄ってはいけない。身を潜めた者は帰ってこない。たしかに暖かい、が、たちまち深みにはまる。地下鉄の坑道では昼も夜もわからなくなる。発狂する。こうして仲間が数人いなくなった。地下の誘惑に負けて深みにもぐり、二度と出てこなかった。

なんとしても外にいなければ。もちこたえねば。しずみ込んではいけない。酒と麻薬、それも一緒、とラ・ルネは言う。頑として手を出さなかった。極寒にときどき赤ワインを一杯、そこでやめる。地下鉄同様アルコールは罠《わな》だ。底なし井戸、落ちるのは造作もない。並の根性では耐えられない。自分がその証拠だ。暴力、飢えや寒さ、嫌がらせにもめげずラ・ルネはけっして逃げなかった。もともと芯がつよいんだ。北部の出身、向こうの人間はやわじゃない、ちょっとやそっとじゃへこたれない、と言う。彼女のなかの何かがもちこたえ、あきらめようとしなかった。

最後に襲われたとき、かつてない壊滅的な痛手を負って瀕死《ひんし》の状態で病院に収容された。そこで出会ったのが「天使《アンジュ》」、熱意あふれる若いソーシャルワーカーにこう命名したのはラ・ルネだ。「天使」は惨状に驚愕《きょうがく》し、路上生活から脱け出させようと自分に誓う。実際、容易ではない。ラ・ルネはそう簡単に人を寄せつけない。甘い言葉はむかし嫌というほど聞き、もうとんと耳にしなくなっていた。路上生活で気難しくなり、傷を負った獣のように猜疑心《さいぎしん》がつよい。かまわない。「天使」はラ・ルネをがっちり抱きかかえ、支え、付き添い、温めた。力のかぎり、八方手を尽くし、とことんまで書類に取りくんだ。彼女の助けで身分証を再発行し――身ぐるみ剝《は》がされ暮らした長い年月、ラ・ルネはアイデンティティなしで生きていた――資格がある生活保護を受給できるようになった。何か月も辛抱づよく待ち、質問用紙に記入し、面談を何回も受けた。一見たいしたことではないようでも、ホームレスにとっては挑戦だ。時間の感覚もなく、外で夜を明かし朦朧《もうろう》としていると き起こしてくれる人もいないときては、満足に面接に行くこともままならない。

それでもラ・ルネはやった。「天使」のおかげであらゆる障壁を乗り越えた。もちろん、しくじりも多々あったし嘴《くちばし》でつつき合いの喧嘩《けんか》もあった、すべて投げ出したくなることもあった。羽根がいくらか飛び散った。だが一緒にやり遂げた。数か月におよぶ奮闘のすえ、施設の入居申請が受理された。吉報はラ・ルネの好物フリカデル（ソーセージ状の獣肉ミンチ、フライドポテトとともに食される）で祝った。

三つ目の人生はここ、会館で始まった。着いたとき、ラ・ルネは立っているのもやっとだった。サルマが見ている。鍵をもらわないうちに受付の肘掛け椅子で眠り込んだ。くたくたに疲れ、話の最中でも何か言いかけたまま、ところかまわずうとうとした。ロビーで、ランドリーで、慣れることのできないベッドの足もとで何日も眠った。マットレスになじめるようになるまでは時間がかかるだろう。

もちろん戦いは終わらない。道はまだ長い、けれどラ・ルネはここに生きている。雨露をしのぐ場所がある。もう夜なかに蹴り起こされてレイプされない。会館で暮らしながら尊厳を取りもどそうとしている、むかしベンチに棄てた尊厳。自分を尊重する気持ちは、いちばん取りもどすのが難しい。

それでも堂々としている。いつも堂々と。これがラ・ルネのモットーだ。

23

一九二六年、パリ

「ペイロン組が成し遂げたことは壮挙――きっと天賦の才がある！」

救世軍ではふたりの本営長の熱意とねばりづよさが讃《たた》えられる。一九二六年初春、女性会館プロジェクトのための募金キャンペーンはピークを迎える。五月六日、募金額は二百万フランに到達した。

改修工事が着工された。ブランシュは工事の進捗を自分の目で確かめずにはいられない。現場へ足を運んでは改装後の施設に想像をめぐらせる。

九平方メートルの個室には白いほうろうの洗面台がつき、温水が供給されるだろう。壁にはペンキが塗られ、ゆか木はワックスがかけられる。全室にベッド、収納家具にはハンガー架けと棚、抽斗《ひきだし》がつき、ちいさなテーブルと椅子がそなえつけられる。施設内には空室待ちのため二十五床の大部屋も二室用意される。個室は各階ごとに色を替え、青、緑、ベージュ、灰色に塗られるだろう。各室のドアに貼られるプレートのほか、廊下には居住者が迷わぬよう案内板が設置されるだろう。

公共スペースには洗濯場と、数百人が食事のできる食堂がつくられる。そのほかに談話室、図書室には蔵書を充実させねば。体育室、裁縫室、集会室、訪問客のための面会室。そして屋上テラスには憩いの場が設けられ、勤労者が子供をあずけられる託児所もひらかれる。

ブランシュにはもう女性会館が目に浮かぶ——運命に翻弄され、社会に打ち棄《す》てられた女性たちが身を寄せる場所。この城塞都市では全員が我が家を、風とおしがよく暖房が効き、設備のととのった部屋を持つ。安らぎの修道院。

傷をいやし再起するための宮殿《パレ》。

だが情熱は会計報告書をまえに翳《かげ》る。出資金は増えているがまだ足りない。途方もない額が工事にのみ込まれていく。とりわけ改装工事は高くつくことがわかってきた。仕切り壁を取り壊し、新しい壁をつくり、テラスとゆかをつくりなおし、各階に洗面台を運び、台所の設備をととのえ、セントラルヒーティングと照明器具をつかえる状態に復帰させ、塗装する壁と天井は数千平方メートルにおよぶ。着手した工事の費用をまかなうのにあと百五十万必要だ。もちろん融資の返済もある、それもおいおい考えねば……。

ブランシュは初めて疑念にとらわれる。もくろみは壮大すぎたのか？　こんなプロジェクトに乗り出すなんて身のほど知らずだったのか？　恵まれない人のためと称して、傲慢《ごうまん》と虚栄の罪に陥りはしなかったか？　どんな困難も乗り越え、事業の正当性を世間に納得させる力はあると思っている。ときがたてば正しさが認められるだろうか？　それとも、救世軍を底なしの負債地獄に突き落とすことになるのか？……。

ブランシュはよろめく。連続講演中のアルザス地方で演説のあとに倒れる。何時間も起きあがれない。かつてなく衰弱し青白い顔でパリにもどる。

アルバンは気をもむ。ふだんは誇り高く自信に満ちあふれたブランシュが、疲労困憊《こんぱい》して参っている。健康状態が悪化し、咳《せき》で夜も眠れない。耳、歯、喉が痛み、偏頭痛に悩まされる。坐骨《ざこつ》神経痛がひどく身動きもできない。

何時間も眠れないとき、ブランシュは起きあがって煩悶《はんもん》しながらリビングを歩きまわる。

倒れることは許されない。いまはだめ。救世軍に入ってから挑み、必死で勝ち進めてきたすべての戦いを思う。いま、エネルギーが逃げ出し、からだがいうことをきいてくれない。読書に頼みの綱、戦いつづける力を見出そうとする。愛読書『勇気』を読み返す。『ピーター・パン』の著者J・M・バリーが書いた数節は、生涯にわたって何度も引用してきた――「きみのまえには栄光の歳月が待っている。ただし、それをつよく欲すればの話だ。だから、さあ勇者のように前進だ」。聖女テレーズ・ドゥ・リジューの言葉を読む――「主の恩寵《おんちょう》でわたくしは戦いへのいっさいの恐れをまぬがれている」。ヴィクトル・ユゴーの詩を読み返す。ほとばしる創造力の息吹きに魅了され、自分と同じ使命に突き動かされている、たいせつなヴィクトル・ユゴー。

「生きる者は戦う者、それは
確たる計画に魂と頭を満たす者。
高い企てに向かって険しい峰に登る者。
至高の目的に心奪われ考えながら歩く者」（『懲罰詩集』第四部九無題より）

ブランシュはこの文豪をむかしから尊敬し、講演ではよく引用する。典拠にするのは立法議会演説「貧困について」だ。すこしまえには機関誌『前進』に挿絵つきで詩を載せた。

「あたえよ！　いつか現世につきはなされる。
施しがあの世でおまえの富となる。
あたえよ！　情けをかけてもらった！　と言われるように。
嵐に凍える貧者から、
宴のそばで飢える貧乏人から、
邸《パレ》の敷居で恨めしげに見られぬように」（『秋の木の葉』三十二「貧者のために」より）

ブランシュは子供のころから飽かず読書に耽《ふけ》ってきた。人生の紆余曲折《うよきょくせつ》に際しても読書をやめたことはなく、好きな作家のもとで慰めと示唆を得てきた。

惜しくもヴィクトル・ユゴーはこの世に亡く、ブランシュの声は徐々に消えつつある。

彼女を再起させせるのはアルバン、忠実で献身的なパートナー、終生の相棒、一蓮托生《いちれんたくしょう》の戦友アルバンの言葉だ。あの日、大二輪のうえで誓い合った——倒れたら、もうひとりが助け起こす。兵士がするように。ふたりならもっとつよくなれる。ひとりではできることにもかぎりがある。ブランシュはあの言葉を思い出す。

嘘ではなかった。そばに付き添うアルバンはけっして弱気にならない。障害はたんなる一時停止、路上の小石のようなもの、と言う。疑うのも道程のうち。道はいつも平坦《へいたん》ではなく、気持ちのいい小道もあれば、茨や砂や岩だらけの険しい道もあって、それを越えたらいちめん花咲く野原に出る……。どんな犠牲を払っても進みつづけなければ。ある晩、こう囁《ささや》く。きみは戦士、戦いの天使だ。きみの力ははかりしれない。一生で偉大な仕事を成し遂げる。

翌朝ブランシュは起きあがる。夜のうちに熱は下がった。やすんでほしいとアルバンに言われるが微笑み返す。心配しないで、次の講演旅行までに喉の調子はもどすから。戦いから離れて生きるより、戦いのなかで死ぬほうがいい。

こうしてブランシュは戦いへ、相も変わらぬ制服姿で出発する。信念が剣。アルバンの信頼と愛が盟友だ。ふたりは四十年まえに使命と誓った道を、ともに歩きつづけるだろう。たとえ顔に張りがなくなり、足どりがおぼつかなくなっても、愛は変わらずそこにある。

そして、ふたりを頂上へ導くだろう。

24

現代、パリ

死の沈黙が会館を支配している。

ソレーヌはドアを入った瞬間、感じる——何かあった。受付カウンターもロビーもがらんとしている。不吉な予感にとらわれ事務室のドアをノックする。返事がない。あちこち探しながら集会室まで行くと、館長と職員があつまっている。ソレーヌのほうに進み出るサルマが目を赤く腫らしている。

シンシアが、と囁《ささや》く。

姿を見せず三日になっていた。何週間も自室から出てこない住人はいるが、それはシンシアらしくない。サルマは心配した。部屋のドアをノックし、タタたちに尋ねてまわった。

すこしまえから姿も見ず声も聞いていないという。不審な静寂。サルマはカードキーのコピー使用許可を願い出た。それで部屋に入れる。

なかでベッドに横たわっているのを発見した。息はなかった。

シンシアはナイトテーブルのうえに手紙を遺《のこ》していた。その言葉をサルマは絶対に忘れない。シンシアの遺言として、永遠の旅に出るまえの最後の叫びとして記憶に刻まれた。

ずっとまえから手遅れだった、と書いていた。そもそも最初から手遅れだった。生まれたのが無駄だった。望まれていなかった。人生は幻滅と苦しみの連続でしかなかった。生まれなければよかった、と。

息子が人生でもっともうつくしい贈り物だった。それまで知らなかったよろこびのひとときをもたらしてくれた。養子になってほしい、自分にはしてやれなかった心遣いで面倒を見てくれる養父母にめぐり合ってほしい、と。

むかしの相棒と旅立つことにした、ハードといわれるドラッグだけど、ソフトな逃避を約束してくれる。

怒りは持っていかない、ここ、会館においていく。

息子の笑いだけ持っていく、くすぐるとき立てた無邪気な笑い。
息子の笑い、ただそれだけ。
ただそれだけを持って、いく。

ソレーヌは言葉もない。訃報《ふほう》にショックを受けている。シンシアの死は社会全体の敗北だ。会館の敗北、児童扶助機構の敗北。養護施設、教育指導員、短い人生で彼女が出会った人すべての敗北。それぞれの努力にもかかわらず、誰にも救ってやれなかった。はまり込んでいく流砂から引きあげてやることができなかった。

あんたも同じ、なんの役にも立ってない！　ソレーヌはあの言葉を思い出す。罪悪感にかられ、あの日シンシアがコンピュータにくらわせたパンチのように激しく責め立てられる。ソレーヌは疑問にとらわれる。手助けを引き受けていたら、どうなっていただろう？

思い乱れているとサルマが口をひらく。ソレーヌのせいでも会館の女性たちのせいでもない。シンシアを死なせたのは廊下の騒音でもタタたちのベビーカーでも、しつこく要求し、替えてもらえなかった部屋でもない。彼女を死なせたのは、知ることのなかった愛。子供時代のむなしさ、かかえていた虚無感はけっして満たされなかった。大きく口をあけた深淵《しんえん》はどうやってもふさがらず、息子の愛でも最高にハードな薬でもふさげなかった。部屋を替えることはできる、住む地区も都市も国も替えられる、けれど、どこへ行っても満たされない思いはついてまわる。

愛の欠如、それがシンシアを死なせた。

それが唯一の犯人。


かつて祭儀室だった部屋に女たちがあつまってシンシアを悼《いた》む。続々と祈りが捧《ささ》げられる。あらゆる言語、あらゆる宗教の祈り。

通夜がロビーでおこなわれた。ソレーヌには帰る気が起こらない。住人や職員と一緒に残る。いるべき場所はここ、彼女たちのなかだと感じていた。ろうそくに火がともされた。ありあわせの食事が紙皿に出され、お茶が配られた。おしゃべりのさなか歌声があがり、即興でスピーチする者もいた。ギターを持ち込む者までいた。募金が呼びかけられ、葬儀費用とシンシアの息子のために金があつめられた。靴箱が回され、それぞれが入れたいだけの額を入れた。通夜は一晩中つづいた。ひっそりとしめやかな通夜ではなく、がらっぱちで騒がしく渾沌とした、シンシアそっくりの通夜。

いまは亡き者のことを考え、口に出し、話し合わずにはいられなかった、反逆児で腫れ物みたいだった者、みんなを毛嫌いし迷惑をかけてきた者。乱暴なはみ出し者ではあっても、このコミュニティのかけがえのない一員だった。命をなげうった妹《しまい》。いちばん騒々しく無作法で鼻持ちならなかった者。いちばん絶望していた者。

朝方、ソレーヌは疲労と悲しみに打ちひしがれて施設をあとにする。夜明けの白々とした光のなかで会館は違ってみえる。もはや安全な要塞でも避難所でも、社会から排斥された者たちの救助船でもない。ノアの箱舟ではなく浸水した船。庇護《ひご》者のひとりを溺れさせた。船は墓碑に変貌する。

ロビーにシンシアの怒声が響くことはもう二度とない。退去処分になるまえに若い彼女は逃げ道を見つけた。追い出さないで、こっちから出ていくから……。救いも希望も絶たれていたのだ、とソレーヌは思う。ただ死だけが手をさしのべ暗黒のダンスに誘っていた。

25

ソレーヌが家に閉じこもって三日になる。パン屋にも行っていない。心配するレオナールからのメッセージにも答えない。月一回のミーティングで会うことになっていた。ソレーヌは約束の時間に行かず、まえもって連絡もしなかった。なんになる？　レオナールの陽気な声も聞きたくないし、あのやる気満々にも耐えられない。いつも元気で絶好調な人には耐えられない。ごった返した事務所で恐竜と子供の絵を相手にしていたらいいのだ。

シンシアをよく知っていたわけではない――あの騒ぎの日に、いちど話しただけ。それなのに、死に衝撃を受けている。なぜこれほど滅入《めい》るのか？　なぜこんなにつらいのか？　ソレーヌにはわからない。

それからふいにイメージが浮かぶ。ぞっとするほど鮮明によみがえる。裁判所のゆかの大理石に墜落したアルテュール・サンクレールの遺体。

行く手にまたしても死。救う立場にありながら救ってやれなかった人たちの決意と選択による死。シンシアの死でクライアントの死がよみがえりブーメランのように直撃される。またもあの無力感と罪悪感に襲われ、足もとに深淵《しんえん》が口をひらく。鬱の亡霊があらわれる。その凍りつく息、冷たい指が肌に触れ、引きずり込まれそう。

精神科医の言ったことは嘘だった。ボランティアなどなんの役にも立たない。ソレーヌは深淵にしずみ込んだ。快復したと思っていた。間違いだった。


レオナールからまた電話が来る。しつこさに根負けして受話器を取り、生気のない声で出る。シンシアの死と自分の動揺について話す。悲劇で目が覚めた。ボランティア活動の限界を突きつけられた。甘かったと痛感した。シンシアの言っていたとおり、言葉はなんの役にも立たない。言葉に世界を変えることなんてできない。すくなくとも自分の言葉に、そんな力はない。

会館での活動はやめようと思う。館長には電話で事情を説明するつもりだ。こんな闘争には向いていない。あそこの女性たちの苦悩も傷ついた人生も、自分にはどうしてやることもできず、かえってこっちが巻き込まれて擦《す》り減らされる。

レオナールのアドヴァイスにしたがって自衛しようとした。距離をとるのを忘れないで、打ち明けられた悲劇をいちいち背負い込んでいたらきりがない、自分を温存しなくちゃ、と言われた。鎧《よろい》を着て会館に入り、出たら脱ぐ、そんなことソレーヌにはできない。亀や甲殻類じゃあるまいし。自分の殻は水がしみ込み、漏れ放題だ。

たしかに勝利はあった。ささやかな勝利に胸を熱くした。それもぜんぶシンシアの死で、砂粒みたいに消し飛んだ。ソレーヌにはもう戦う力がない。向かい風がつよすぎる。施設の温かい雰囲気のなかで女たちを助け、貧困に対抗している気になっていた。思いあがり。自分にはハチドリほどの力もない。ちっぽけな嘴《くちばし》で火事をまえにあくせくする無力な鳥。

法律の世界にもどろうと思う。弁護士としてではない。それでは逆もどりだ――法律事務所の激務はもうこりごり。だけど、大学で教職に就く道はある。両親のように法学者になる。夢見ていた分野ではないけれど、夢なんて所詮、どこにも導いてくれない。書こうと思っていた小説の話をする。正直、何も書けない。他人のためなら言葉がわく。なのに自分のためには浮かんでこない。何もひらめかない。向いていないと思うしかない。

レオナールは黙って聞いていた。長い沈黙のあと、寒い、と漏らす。外にいる。ソレーヌのアパルトマンの下、建物のまえにいて、パン・オ・ショコラがある。コーヒー――かお茶――に招《よ》んでもらえたらよろこんで行く。

ふたりは居間のソファで長く話し込んだ。レオナールはすぐに、もう勝負はついている、何を言ってもソレーヌの決意は変えられないと察した。ソレーヌは初めてありのままにふるまう。もろさを隠さず、アルテュール・サンクレールの自殺や、人生を一転させられた燃え尽き症候群の話をする。最初の面接で黙っていたことも洗いざらい話す。もはや失うものも隠すことも何もない。

率直さにレオナールは心を動かされる。彼女がそんな体験をしていたとは思ってもみなかった。彼自身も数年まえ妻に出ていかれたとき、どん底に突き落とされた、と告白する。出会ったとき、妻はおさない二児の母だった。レオナールはその子たちを愛し、慈しみ、我が子同然に育てた。ともに十年間、幸せに暮らしたあと、引き離された。それが現実、棄《す》てられた継父、継母に社会はなんの保障もしてくれない。養育権も面会の権利もない。血縁がなければ親としての身分はない。存在しなくなる。子供たちの物語から姿を消し、古びた写真のかすんだ人影、顔が思い出せない誰かのように消えてなくなる。レオナールは絶望して落ち込んだ、と吐露する。別離によってパートナーだけでなく家族も失った。孤児《みなしご》になった。かつての生活をしのぶよすがは子供たちが残した絵のほか何もない。十年がたった三枚の紙切れになった。

ソレーヌはそばのソファで耳を傾ける。身につまされている。自分も孤独を生きのびてきた。虚無感も沈黙も身に沁《し》みてわかる。話す相手もなくいたたまれずにいるアパルトマン。日暮れに忍び寄る不安。朝ひとりで目覚める寄るべなさ。週末や祝日をまえにおぼえる懸念。それは孤独な長い一日の連続でしかなく、やりすごすには自分がつぶれないかぎり、暇をつぶすほかない。人生が指のあいだを砂のようにすり抜けていく感覚。まるでとまってくれない列車のよう、しかも好きこのんで乗った列車ではない。

わかる、その感じぜんぶ身におぼえがある。


レオナールは腰をあげる。ボランティア活動についてソレーヌが決めたことは尊重する。レオナールに助言はない。ただ小説については、ねばってみたらいいんじゃないか、と言う。インスピレーションがわかないのは、まだ自分のテーマが見つかっていないからかもしれない。言葉は蝶《ちょう》のようなもの、もろくはかない。つかまえるにはいい網がいる。鱗翅目《りんしもく》採集がうまく行くといいねと言ってから、お茶の礼を言う。それと、会館のために割いてくれた時間にも。あそこへ行って敷居をまたぎ、女性たちのなかに居場所をつくるには勇気がいったはず。ソレーヌは思いやりと寛容、辛抱づよさを身をもってしめしてくれた。ハチドリにすぎないとしても羽ははかりしれないほど大きい。

もし考えが変わったら、いつでも電話してくれ。どこにいるかは知っているだろう。

ソレーヌは呆然《ぼうぜん》として見送る。レオナールの言葉に心が揺れている。奇妙にも、会館の仕事を再開するよう説得されなかった。ふだんあんなにしつこい彼が、今日は迷っている自分を突き放す。

台所に行ってすわり、グミキャンディーの瓶を手に取る。スメヤの贈り物をぜんぶ入れておいた。会館での出張サービスのたび中身は増えていった。一回につきグミキャンディーひとつ。

ソレーヌは甘い物に目がないのに手をつけなかった。秘密の宝物のように取っておいた。その晩、アパルトマンの孤独のなかで瓶をあけ、グミキャンディーを口に入れる。ひとつ食べるごとに会館でのひとときがよみがえる。

ビンタを、サルマを、ヴィヴィアンヌ、スヴェタナ、イリス、ラ・ルネ、出会った女性みんなを思う。ズンバ講習、お茶、シンシアの通夜、ともにすごした時間を思い返す。コグマ型マシュマロ、ちいさなコーラ瓶や粒型のグミキャンディー、詰め物入りの棒状リコリス、タガダのいちごグミキャンディー、マシュマロ、目玉焼きや青肌小人《シュトゥルンフ》、ワニのかたちのグミキャンディー（すべてフランスの駄菓子）とともに人生の味がわきあがる――甘ったるく刺激があって酸っぱい人生の味がそこにある。

シンシアは手遅れ、もう取り返しがつかない、とソレーヌは思う。その死は不当で無念で、受け入れられない。スメヤひとりが救われ、どれほど多くが溺れ死んだことか。

シンシアは手遅れでも、ほかの人がいる。傷ついた女性が街にはたくさんいる。遠くへ探しに行くまでもない。

ちょうど近くにひとりいる。

下のパン屋のまえに、ひざまずいている。

26

彼女の名はリリー。

実はオーレリー、だけど母がつけたこの名前が嫌いだ。リリー、こっちのほうがしゃれている。シックだ。見ばえがする。

ソレーヌがパン屋のまえで声をかけコーヒーに誘うと、若いホームレスは驚いた顔をする。もう何週間も顔を合わせながら、まともに話したことはない。ソレーヌはときどき小銭やクロワッサンをあげる。こんにちは、と言って微笑む。たいしたことではないが、それでもまし。多くの人はしないことだ。

ソレーヌは近くのブラッスリーに誘う。リリーは空腹だ。ハンバーグステーキとフライドポテトを選ぶ——ケチャップをたくさん、とウェイターに注文をつける。好物なのだ。おどおどしつつ、ソレーヌの質問に食事をむさぼりながら答える。年は十九、ほとんど二十歳、十二月九日が誕生日。むしろ早く年をとりたい——二十歳では何もできない。「3ない」集団に属している。「3ない」とは社会学者によるネーミングで、自分のような若者のことだ——職に就いていない、学校に在籍していない、職業研修中でない。リリーはこの言葉を、毎日寒さをしのぐために敷いている新聞で読んで、初めて知った。

すすんで生い立ちを語る。地方での子供時代、感情の横溢《おういつ》する母に溺愛《できあい》されて育った——ヒステリーと言う者もいた。リリーの父親はすぐ自分がよけい者だと悟って家を出た。はじめは週末や休暇に会いに来てくれた。そのうち断念した。娘と一緒にバカンスに行きたがったが、そのたび母に反対された。お腹を痛めて産んだこの子はわたしのもの。母の所有物、自慢の種だった。

見て、わたしの娘のなんて可愛《かわい》いこと。

見て。

リリーは母娘の住まいの二部屋つきアパルトマンと、母が継いだ菓子店のあいだで窒息状態で成長した。愛情に飢えてはいなくとも息苦しかった。母の愛に首を絞められ、まる呑《の》みされ、消化吸収されていた。母の愛には「わたし」と「あなた」の境界がなかった。

母娘は同じベッドで眠り、服も靴も共有した。母にはほとんど友達がいなかった——誰もいらない。あなたさえいれば、と言われていた。一緒で幸せ、とも。そしてリリーはそれを信じていた。

この愛に押しつぶされ、ずたずたにされた。

おさないリリーはうつくしい娘に成長した。悪いことに、もてはじめた。まえより足繁くかよってくる客がいた。娘が店に出ているとケーキのまえでぐずぐずする男性客がいた。リリーのからだに向けられる彼らの執拗《しつよう》な視線に気づくと、母は揚げ菓子《ベニェ》に火がとおっているか裏で確認してくるよう娘に言いつけた。嫉妬で母の独占欲はいや増した。母娘のあいだには誰も立ち入れなかった。

やがてマニュがあらわれた。ふたりは職業高校の廊下で知り合った。リリーは製菓職人の免許を取るため学んでいた。ひとめ見た瞬間、恋に落ちた。彼と初めて自由を味わった。一緒に学校を脱け出し踊りに行き、朝六時に帰った。能天気で先のことを気にしない彼の生き方が好きだった。

娘の留守中、母は鬱々と気をもんでいた。彼と遊びに行くなら小遣いはあげないと脅した。いまに見てな、愛されてないんだから、と言った。マニュに難癖をつけ、欠点をあげつらった。

リリーは悪口にめげず、すこしずつ母と距離をおくようになった。形勢不利と見た母は別の戦略をとった。マニュを夕食に招待し、夏休みに菓子店でアルバイトしないかとすらもちかけた。どうやら和解の決心がついたようだった。変化によろこぶリリーは警戒しなかった。

ある日、注文品の配達に行ったリリーは思ったより早く店にもどった。母とマニュが店の厨房《ちゅうぼう》で半裸で身をからめていた。あの日の母の表情をリリーはけっして忘れない。母の目にあったのは気まずさではなく、快感と意趣晴らしのようなもの。そして憎悪。

リリーはひと言も発しなかった。荷物をまとめ、最初のパリ行き電車に飛び乗った。それ以来、連絡を断った。二重に裏切られ傷つけられたリリーは、従姉妹のところに一時、身を寄せた。しばらく居候させてくれたあと、出ていってくれないかと言われた。恋人ができてプライヴァシーを欲しがっていた。リリーに異論はなかった。行きずりの知り合いのソファベッドや寝椅子を転々としたあと、ホームレスになっていた。

仕事は探した。パリなら製菓職人の口に事欠かないだろうと高をくくっていた。すぐに業界が飽和状態とわかり幻想は棄《す》てた。履歴書を出したある菓子店には三十人が見習いに志願していた。採用されるのは一人だけ。料理番組のヒットで菓子職人をめざす者が急増したが、市場が追いつかない、と店長に説明された。有名菓子店ですら工場生産品に押されて苦戦している。

リリーの職探しは先の見えない長いトンネルとなった。父に連絡を試みたが無駄だった。電話によると父は外国——バリかどこか——で人生をやりなおしているらしかった。

リリーは外で明かした最初の夜を憶えている。六月だった。ホテルに泊まる金はなかった。それほど寒くなかった。だからベンチに腰を据えた——今夜だけ、と思っていた。今夜だけが次の晩、そのあとにつづく晩になった。今夜だけは数か月になっている。

帰ることはもちろん考えた。が、母に会いたくない。まえの人生は棄てた。生まれ育ったちいさな町で物乞いなど恥ずかしくてできやしない。知っている人に見られたらたまらない。すくなくともここでは誰にも知られていない。路上にいるその他おおぜいのひとり。物乞いなどしない、そこまでは堕《お》ちない、と自分に誓っていた。だが、あきらめるほかなかった。寒さならしのぎようもある、が、飢えには太刀打ちできない。胃腸がよじれる。二日まえから何も食べていなかった。だから「助けて」と書いたダンボールの陰に隠れて泣いた。涙は誰にも見られていない。見られたくない。涙は残っているなけなしの尊厳だった。

よく考えると、人生がおとぎ話を逆行している。子供のころ、父が語ってくれるお話が大好きだった。結末は例外なく明るくて安心できた。だがここにハッピーエンドはない。プリンセスはホームレスに変身した。毛皮の室内履きは、いまやアスファルトを歩きづめで擦《す》りきれ穴のあいた運動靴でしかない。リリーのおとぎの国はうちつづく大通り、城は吹きさらしの歩道、王冠はからまった髪を隠す毛糸の帽子だ。ドレスは何枚も重ね着したタイツとパンツ——所持品を盗まれないように、すべて身につけている。従者はアニメの可愛《かわい》らしいハツカネズミでなく、彼女同様に腹をすかせたドブネズミ。夜、物陰に身を落ち着けられたかと思うと迷い込んでくる。

「まごころ食堂《レスト・デュ・クール》（無料給食。フランスのコメディアン、故コリューシュが一九八五年に創設）」で知り合った女友達に、化粧してナイトクラブへ行くといい、と言われた。リリーは十九歳、美人だ。一夜の出会いなど長つづきしないが、すくなくともベッドで眠れる——うまくすれば朝食にもありつける。リリーは一、二回やってみた。耐えられなかった。汚れ、穢《けが》された感じがした。いくらシャワーを浴びても落ちない汚点。だからやめた。ベッドとコーヒーのために身を売るより、物乞いのほうがましだ。

全体としてこの界隈《かいわい》の人たちは親切だ。毎日あつまった金でリリーはなんとか食べていける。それに善良な妖精もいる。ナヌーは向かいのビストロの料理人で、歯磨きや洗顔ができるように店のトイレをつかわせてくれる。あるいはファティマ、近くのアパルトマンの管理人で建物の入口の暗証番号を教えてくれた。最上階のつかわれていない屋根裏部屋に行っても目をつぶっていてくれる。あいにく、すこしまえから入口のドアがあかない。暗証番号が変わり、管理人は叱責《しっせき》されたにちがいない。

将来はどうするつもりか尋ねられ、リリーは返事に詰まる。もうずっとまえに見失っている。消えてしまった。将来など、過去のこと。

夢ならあった。才能も——修了証書をもらったとき、あると言われた。免状をわたしてくれた教員に、すばらしい菓子職人になれる、と囁《ささや》かれた。リリーは誇らしかった。

いまケーキはガラスケース越しに眺め、そのまえにすわって物乞いをしている。才能はある、としても誰にもわからない。誰も知らない。

たぶんその晩のソレーヌをのぞいては。

若いホームレスの話を聞くうち、ソレーヌはとっぴな考えにとらわれる。常識はずれの無謀で壮大なプロジェクトが頭に浮かぶ。

これは報復プロジェクト。貧困への仕返しだ。貧困に勝利は譲らない。ひとつの戦いに負けシンシアを失った。だが戦いは終わっていない。リングにあがり不幸と対決する。情け容赦《ようしゃ》はしない。目には目を、歯に歯を。

ひとり失われたかわり、ひとり救われる。

その夜ソレーヌは誓う。リリーを路上生活から脱け出させ、シンシアの死を贖《あがな》う。手紙を書くだけでは足りない。知り合いや会館のみんなとのつながりを活《い》かさねば。館長、ソーシャルワーカー、サルマ、ボランティア、職員のみんなに応援をもとめなければ。ソレーヌは勇気と忍耐、ねばりづよさを発揮しなければならないだろう。だが不可能ではない、と確信している。「天使」とラ・ルネにはできたのだ、自分にだって。

シンシアは正しかった。言葉だけでは足りないときもある。

言葉が無力なときは、行動に出なければ。

27

「我々の事業と手法においては信じることが肝心だ、
実現すると信じる、すると、それは実現する」
ウィリアム・ブース

一九二六年、パリ

ブランシュはファサードに刻まれた言葉を見あげる――「女性会館《パレ・ドゥ・ラ・ファム》」。手を、隣りにいるアルバンの手にすべらせる。ふたりはやった。

この数週間、ほとんど夜昼なく一心不乱に働いた。募金キャンペーンはいっそうの熱をおびた。ペイロン組は立てつづけに演説し、記事を書き、会議をひらき、行動を展開する。着手していた大規模な工事は完成にこぎつける。会館はもう空中楼閣ではなく現実のものとなった。目のまえに堂々とそびえ、救世軍の血と火の記章をいただいている。

一九二六年六月二十三日、女性会館が正式にオープンする。ブラムウェル・ブース大将もロンドンから駆けつける。その日の午後、広大なレセプションホールには約二千人の聴衆がひしめいている。演壇には共和国大統領代理を筆頭に後援会のメンバーが並ぶ。デュラフール厚生労働大臣が救世軍にたいする「感服、そして深い敬意と感謝の念」を表明する。アルバンが疲れきってはいても晴れやかな顔でスピーチする。みなさんのおかげで三百万フランがあつまりました！　おおかたの予想に反し、彼がそこでもとめるのは……あと百万。予想を大幅にうわまわる設備費をまかなうために不可欠なのだ。戦いは終わらない！

壇上のかたわらでブランシュは、はるかむかしグラスゴーで出会った「大尉」のことを、投げかけられたあの問いを思う――あなたは自分の人生をどうするつもり？　答えはここにある、といえる。施設のなかに、恵まれない女性のためのこの要塞にある。将来、ここに身を寄せ、救われる女性たちのことを考える。かつて修道院で暮らし、立ち退きをせまられた修道女たちを、さらにはいま足もとで眠る修道女たちを思う。

顔には歴戦の痕が、これまで乗り越えてきた涙、失望、手ひどい仕打ちと軽蔑《けいべつ》の痕が刻まれている。ブランシュはもちこたえ、疲れはててはいても生きている。名誉の傷と栄光を背負って会館に立っている。

子供たちも参列している――三人の息子と三人の娘もみな救世軍信徒で制服姿だ。立派で勇敢な我が子たち。息子らは大戦で戦った。娘たちは若くして救世軍将校となった。数年後、長女イレーヌは本営長に任命され、両親のあとを継いで救世軍のトップに就任する。

エヴァンジェリーヌがイギリスから来ている。つねにブランシュを思いやる終生の友。誓いどおり独身を貫いた。

ブランシュはイザベル・マンジャンの姿もみとめる。愛称「マンジネット」で呼んでいる九月四日通りの帽子屋の娘は、同じ時期に救世軍に入った。草創期の苦境と飢え、寒さを一緒になめた仲だ。ともに笑い、ともに泣いた。この最初期の盟友、忠実な闘士をブランシュは会館の監督に選んだ。彼女の手にかかれば、この巨大船舶が航路をはずれることはないだろう。

七月はじめ、会館は最初の居住者を迎える。そのなかに、雪の下の掘っ建て小屋で寒さに震えていたあの若い母親と赤ん坊の姿がある。下宿屋を転々とし、毎晩、無料給食のスープで栄養を摂《と》って生きのびた。会館のホールで子供を抱く若い母親からにっこりと微笑みかけられる。この光景こそブランシュにとって勝利のイメージ、まぎれもない真の勝利、唯一、意義あること。

栄光のときが幕をあけても戦いは終わらない。ペイロン組は早くも新たな戦いに出発する。ブランシュには次のプロジェクト「母と子の家」がある。一方、アルバンはパリ十三区に「避難所都市」の構想を練っていて、設計は建築家ル・コルビュジエに託そうと考えている。

一九三一年四月七日、救世軍フランス慈善事業協会は公益法人として認可される。長く誹謗《ひぼう》中傷されてきたウィリアム・ブースの組織が広く世に認められる。

同じ年の四月三十日、ブランシュはアルバンにつづいてレジオンドヌール勲章騎士章《シュヴァリエ》を受勲、授章式が会館の大ホールでおこなわれる。その日は結婚四十周年記念日でもある。あつまった子供や孫とともに祝う。

よろこびは長くつづかない。ブランシュの健康状態が急激に悪化する。ほどなくして、エルヴィエ医師から、全身が癌《がん》に蝕《むしば》まれていると明かされる。ブランシュは告知を気丈に受けとめる。胸に秘め公表しない。勧められるモルヒネや薬を最期まで拒む。生涯、誇り高く戦ってきた。永遠の旅をまえにひるむなど論外だ。

アルバンは最期の瞬間までそばに付き添う。昼も夜も見守りつづける。

妻の力が尽きていくのを察したとき、かつて書き送った言葉を耳もとで囁《ささや》く。むかし、人生ひとつ分もむかし――新婚早々ブランシュが、使命をおびてアメリカへ派遣されたとき、きみに心を奪われたのと同じくらい確実に、きみを手放さない、と手紙に書いた。

アルバンはこの言葉をいまいちど妻に囁きかける。人生の伴侶に、武器をおこうとしている戦いの天使に、けっして翳《かげ》ることのなかった太陽に。五月の昼下がりのいま、その陽光が徐々に消えかけている。よく頑張った、もうやすんでいい、と語りかける。自分はあと数年生きて、事業の完成と、一緒に構想したほかの会館の建設に尽くす、と約束する。

ふいにブランシュがあらわれる。目のまえに立っている。憔悴《しょうすい》した瀕死《ひんし》のからだでなく、土の道に立つ誇り高く意欲あふれる二十歳の若い将校。アルバンを見つめて微笑んでから自転車にまたがる。

そこで彼の手を放し、光のなかへ乗り出していく。

一九三三年五月二十一日、ブランシュは息をひきとる。救世軍の制服に身を固め、新たな天地で新たな戦いを進めに旅立っていく。

五月二十四日、会館の大きなレセプションホールで葬儀が営まれる。ここから離れた場所で妻に最後のオマージュを捧《ささ》げるなど、アルバンには考えられない。軍を要する戦いがあるとしても、ブランシュの戦いはすべてここに体現されている。偉大な貢献があまさずしめされたこの建物に、彼女は息づいている。アルバンは白い布《ブランシュ》で壁を覆いつくしてもらう――黒も、暗い色も今日はいらない。花束も花環《はなわ》もいらない――ブランシュはそんな華美を望まないだろう。

唯一、棺に供えられた花は七歳の少女が野の花を手ずから摘んで手向けたものだ。この子供こそ、ブランシュが会館建設によって深淵《しんえん》から救い出そうとした赤ん坊だ。

葬儀には全居住者が参列する。介助なしでは歩けない老女にいたるまで。階上から自室からキッチンから廊下から、大階段をおりてくる。一階にある祝祭やクリスマスツリーを飾るための広大なホールに続々と参集する。ホールはいっぱいで入りきらない。エントランスホール、ロビー、外の通りまで人があふれる。あらゆる宗教の信徒、さまざまな出自の者がここにいる。救世軍信徒もいればプロテスタントも、ユダヤ教徒、カトリック教徒、自由思想家、友人、崇拝者、作家、学者、高級官僚、政治家、上流婦人に女性労働者、売春婦……。最高権力者から最底辺の者まで、社会のあらゆる階層の人々がいる。

弔辞が読みあげられるあいだ群衆は立っている。そのあと葬列が動き出し、アルバンと息子らにかつがれたブランシュの棺をかこみながらリヨン駅をめざす。沈黙につつまれた通りでは通行中の運転者が、政府高官も赤貧者も入り混じるこの奇妙な行列を眺める。

ブランシュはアルデシュ県サン＝ジョルジュ＝レ＝バンに埋葬される。よくここに来ては英気を養っていた。オープンエアの神殿、と彼女が呼んでいた場所に建てられた墓碑は日の出を望む。遺志によりヨブの言葉が刻まれている。生前こよなく愛した言葉。

「黄金を塵《ちり》のうえに
　オフィルの金を川床の岩におけ」

ブランシュの遺体がこの墓に眠っていても、魂は別の場所にある、とアルバンは知っている。この施設、廊下、レセプションホール、居住者たちの部屋、会館のすみずみに息づいている。ここに住む女性一人ひとりのうちに。将来ここに身を寄せるであろう女性たちのうちにも。歴史に名はとどめない。世界はブランシュ・ペイロンを忘却するだろう。たいしたことではない。栄誉のために生きていたのではない。だが、死後も遺《のこ》るものがある。この会館だ。時代を超えてありつづける。これが彼女の遺したもの。ほかのことには興味がなかった。

結局、ほかのことにはなんの興味もなかった。

28

現代、パリ

届いたのはクリスマスの数日まえ。定形より大ぶりの細長い封書。午前中、会館に配達された郵便物のなかにあるのが、すぐサルマの目にとまった。優雅な字体で大文字は流麗な線を描き、厚みのある上質紙。

会館《パレ》気付でソレーヌに宛てられた手紙。

差出元は、遠く離れた王族の住む宮殿《パレ》。

サルマから手わたされ、ソレーヌはすぐに中身を察した。信じられず思わず吹き出し、明るい高笑いが受付ホールとロビーに響きわたった。不幸に投げつけた厄払いの紙ふぶきが舞うように、会館はしばし歓喜にわいた。ソレーヌがこんなに笑ったのは久しぶりだった。

封はあけなかった、あけていいとは思わなかった。受け取るべき人にわたそうと廊下へ駆け出す――自分は仲介役にすぎない。

ちょうどスヴェタナが部屋から出てきたところだった。ソレーヌは封書を手に、息せきって胸はずませ、プレゼントのまえの子供みたいに興奮している。スヴェタナは意外そうに彼女の顔を見つめ、さしだされた手紙を受け取った。封筒と印刷されたレターヘッド「バッキンガム宮殿」を一瞥《いちべつ》してからカートに突っ込み、ひと言も、ありがとうもなく立ち去った。ソレーヌは廊下の真んなかに突っ立って唖然《あぜん》としていた。

ここの女性たちにはどこまでも驚かされる、とそのときソレーヌは思った。実際、それは悪くなかった。ゲームの規則は引っくり返され、カードはたえず切りなおされ配りなおされる。ゼロからやりなおす人生。

ソレーヌがロビーにもどると人垣がビンタをかこんでいた。タタたちが肩を寄せ合い、写真を回してコメントしている。ソレーヌが近づくと人垣がほぐれた。ビンタが目を輝かせて写真を見せる。

この子です、と言う。息子です。手紙をくれた。

ソレーヌはカリドゥーの写真を手に取った。うつくしい八歳の少年は、すでに逞《たくま》しく、笑みを浮かべている。ふいに感情の大波に襲われた。涙がせきとめられない流れのようにあふれ出る。タタがため息をついた。始まった、と小声で言った。また泣くよ。

しかしソレーヌは微笑みながらこう思った。自分は作家に、偉大な小説家になんて絶対なれないかもしれない、けれど、ものを書く羽根《ペン》であるのは確かなこと。それが誇らしい――人生に翻弄され、それでも堂々としている女たち、ラ・ルネのように前を向きつづける女たちに尽くすハチドリの羽根。

今夜は会館のクリスマス晩餐会《ばんさんかい》。会場は特別の機会にだけ開放される広大なレセプションホールだ。巨大なツリーが飾られた。長テーブルがセットされた。全居住者のほか館長、ソーシャルワーカー、児童教育指導員、経理係、清掃員、ボランティアも正職員もみんないる。ソレーヌも招かれている。実家の恒例の晩餐は初めて辞退した。両親に驚かれた。その晩は予定があるから翌日顔を出すと言っておいた。

レオナールに電話して、会館のパーティーに付き合ってくれないかともちかけた。下心ぬきの誘いではなかった。扮装《ふんそう》して子供たちにプレゼントを配るサンタクロース役を探していたのだ。こんどは彼女が引っぱり込む番！　レオナールは笑ってふたつ返事で引き受けた。ひとりですごすと思っていたクリスマスに連れができたのが嬉《うれ》しい。

巨大な晩餐のテーブルには各自が持ち寄った料理が並ぶ。それぞれが料理に腕をふるった。ビンタはフーティをつくってきた。身にまとう晴れ着ブレーンジはギニア国旗の色。かたわらのスメヤはヴィヴィアンヌに編んでもらったセーターできめている。ほかのものを着るなんて考えられない。そばでは疲れ知らずの編み女がやすみなく編み棒を躍らせる。冬の寒さは厳しく、いくつも注文を請け負っている。ラ・ルネは再三の説得で、とうとう手ぶらでやって来る。初めて荷物をロッカーにしまうことを承知した。とはいえ、気が気じゃない、と漏らす。あとで、まだちゃんとあるか見てくるつもりだ。

タタたちは華やかなブーブーでめかし込んでいる。身につけた首飾りやアクセサリーが動くたびに音を立て、まるで見えない鈴虫でもいるかのよう。衣装が会館のなかで、虹となってカラフルな旋風を巻き起こす。スヴェタナはイギリス女王のサインを自慢げに見せびらかしている。もう嫌ってほど見せてもらったよ、とうんざり顔のタタに言われている。

イリスはファビオの隣りにすわっている。しめし合わせている様子だ。ふたりの関係がどうなっているのか誰も知らない。イリスはソレーヌにもほかの者にも、何も言わない。曖昧にしておいて悦に入っているふうがある。若いダンサーに向けられる物欲しげな視線に気づく。居住者の多くが抱かれたがっていてもおかしくない。ファビオは決めかねているようだ。かまわない。今日はイリスがそばにいる。数か月後、彼女は会館に新しく来た英語講師に熱をあげる。ファビオもズンバもすっかり忘れることになる。それが人生。会館の愛とはこんなもの。

テーブルのいちばん端にセットされているのはシンシアの席。彼女を忘れないために。

年老いた掃除婦ゾーラがうわずった声で静粛をもとめる。ぜひスピーチをしたいと言ってソレーヌの助けを借りていた。四十年間勤めあげ、会館でクリスマスを祝うのはこれが最後。引退のときが来た。居住者たちに言いたいことが山ほどある。長年にわたって友達、姉妹、従姉妹のような家族同然だったこと。手を焼かされもしたが、無数のよろこびもあたえてもらったこと。別れるのは悲しいけれど、ようやくやすめて幸せだということ。ときどきお茶を飲みにロビーに顔を出すつもりでいること。

晩餐が終わるころ、サルマがグランドピアノのまえにすわってパーティーの曲を弾く。

音楽がホールを満たし、廊下、各室、会館のすみずみに行きわたる。サルマは巧《うま》い。ここに来た十歳でピアノを覚えた。長年施設で暮らすうち腕を磨いた、ピアノはいつも調律されていたわけではないけれど、と彼女は漏らす。

聞きながらソレーヌは、会館にいつも流れる旋律は本当に風変わりだと思う。意表を突かれ、調子を狂わされ、ときに耳障りだが、つねに力づよく何かにのりうつられているかのよう。レオナールが隣りにいる。年の瀬の憂鬱は忘れたようだ。一緒に楽しそうにしている。サンタクロースの扮装は子供たちにプレゼントを配ってから着替えた。ソレーヌは子供たちが目を輝かせるのを眺めていた——スメヤは人形をもらい、いまはトリュフ型チョコレートを食べながら服を着せている。その瞬間、ソレーヌはレオナールと視線が合う。初めて微笑みに目をとめる。すてき、と思って自分でも驚く。傷ついた者の魅力、倒れ、再起した者がもつ魅力がある。

そのとき、近くの壁にしたためられていたイヴァン・オドゥアール（フランスの作家）の言葉を思い出す。「壊れた者は幸いなるかな、すき間が光をとおしてくれる」。今宵《こよい》の光は強烈で、会館を燦然《さんぜん》と照らし出す。

晩餐はリリーの薪型《ビュッシュ》ケーキで有終の美を飾る。登場するとどっと拍手がわく。ケーキはすばらしい——うるさ型の美食家もうならせる出来ばえ。職業学校の教師の言ったとおり。リリーには才能がある。

若い彼女は目下、正式な居住者ではない。待機者リストは長い。すぐに空きは出ない。緊急措置として館長は、寒波対策キャンペーンの一環で開放されたジムの一床を割りあててくれた。快適とまではいかないが、まだましだ。リリーはもう外で夜を明かさなくていい。路上生活に逆もどりはさせない、と館長は約束した。それが救世軍の原則——いちどさしのべた手は放さない。

「天使《アンジュ》」としてソレーヌは株をあげた。リリーのために、自分でも驚くほどがむしゃらに奮闘した——まさにブルドーザー、とレオナールからも舌を巻かれた。羽が生えたように、度はずれのエネルギーがわくように感じた。こんな力がどこからわくのかわからない。会館から？　頭上に漂うシンシアの影から？　でなきゃ、創設以来ここに身を寄せてきた何千もの女性たちの影？　あと数年で会館は創立百周年を迎える。百年間たゆまず果たしてきた使命は、社会からはじきだされた女性たちに雨露をしのぐ場所をあたえること。ときに苦境はあれ、夜の灯台、要塞、城塞都市のようにここにある。会館の歩みに参加していることが誇らしい。自分もこの場所に救われた。再起を助けられた。いまは元気だ。もう薬もいらない。役立っていると感じている。心穏やかに感じている。生まれて初めて、いるべき場所にいる、とも感じている。

数週間後、館長から電話がある。タタのひとりが申請していた公団に入居が決まった。ひと部屋空きが出る。リリーは正式に会館に入れる。

ソレーヌは入居に付き添う。会館の正面階段で待ち合わせする。一緒に入館し、受付の合成樹脂のカウンターでサルマに迎えられる。個室のカードキーと郵便受けの鍵をわたされる。このちっぽけな金属を、リリーはじっと見つめる。鍵を手にする、それはなんでもないことではない。人生を手にすることだ。

館長のあとについて大階段をのぼる。途中、スヴェタナにあいさつするが返事はない。荷物をひきずるラ・ルネとすれちがい、完璧な身だしなみのヴィヴィアンヌは編み棒を手にし、イリスは英語講師への詩を書いている最中だ。ビンタ、スメヤ、ほかのタタの部屋がある廊下を抜け、かつてのシンシアの部屋のまえを静かにとおり、やがてドアのまえで足をとめる。

プレートが貼られている。

名前がある。知らない人名。ブランシュ・ペイロン。

後日、ソレーヌは検索して歴史から名の消えたこの女性について知る。ほぼ百年まえ、女性たちが住まいを持てるよう奮闘した女性。そのときソレーヌに不思議な電流がはしる。ついに小説に取りくむときが来た、と思う。ブランシュの人生、その事業と戦いを語ろう。インスピレーションが尽きることはないだろう。言葉たちは向こうから蝶《ちょう》捕り網に飛び込んでくるだろう。

いまリリーは二十歳。会館の最新入居者。雨露をしのぐ場所、身を寄せる避難所がある。あてもなくさまようのは終わった。

さあ、人生のスタートが切れる。

逝くときが来た、
沈黙し足音を忍ばせて。
何も持って行かない。
この世では何も創らず、
何も築かず、産み出さず、
子供を産みもしなかった。

私の人生ははかない火花でしかなかった。
歴史に忘却された名もなき者。
取るに足らない、かすかなともし火。
かまわない。私は無心でここにいる、
この祈りのつぶやきのなかに。

私のあとに残るあなた、
戦いつづけるのです、
踊りつづけるのです、
そして忘れず捧《ささ》げるのです。
あなたの時間を、お金を捧げるのです。
持てるものを捧げるのです、
持たないものを捧げるのです。

あなたのときが来たら、
未知の空高く飛翔して、
身軽になることでしょう。
私が言うのだから確かなこと、真実のところ、
捧げられなかったものは、無駄になるのだから。

十九世紀、十字架の娘修道院、無名修道女

この小説の執筆を可能にしてくれた方々に熱い感謝を捧《ささ》げたい。

女性会館のソフィ・シュヴィヨット館長、ステファニー・カロン＝ドゥ＝フロメンテル、エミリー・プロフィットはじめ全スタッフの皆さん、人権擁護代表のジェローム・ポタンおよび居住者の皆さん。

救世軍のサミュエル・コッペンとマルク・ミュレール。

ジュリエット・ジョスト、オリヴィエ・ノラはじめグラッセ出版の全スタッフの信頼と支援に。

また、サラ・カミンスキー、ツオング・ヴィ、ジョルジュ・サルファティ、ダミアン・クエ＝ランヌへ。

そしてウディへ、これまでも、これからも。

訳者あとがき

デビュー作『三つ編み』（早川書房、二〇一九年、原著は二〇一七年刊）がフランスで百万部を売り上げ一躍ベストセラー作家となったレティシア・コロンバニ。その二作目となるのが本書『彼女たちの部屋』（Laetitia Colombani, *Les victorieuses*, Grasset & Fasquelle, 2019）である。

レティシア・コロンバニはもともとフランスの映画監督、脚本家、女優である。シナリオのように簡潔で映像を喚起させる語り口は映画人としての資質ゆえだろう。子供のころから映画の世界に憧れ、映画作家養成で有名なルイ・リュミエール大学で学び、弱冠二十五歳にして初の長篇映画（オドレイ・トトゥ主演『愛してる、愛してない…』原題 *À la folie ... pas du tout*, 二〇〇二年）を監督するなど、華々しいキャリアを築いていたかに見えるが、資金的制約から思うように脚本を書かせてもらえないなど行きづまりを感じていたという。

転機が訪れたのは四十歳。この年齢でむなしさに襲われる友人を多く見てきたという彼女は、インタヴューでこう語る。「まだすべてを変えられる年ですが、来《こ》し方《かた》をふり返ってつらくなることもあります」。自身も「人生の二十年を捧げてきた映画界に厳しさを感じ、もう幸せではありませんでした」と言う（『ル・パリジャン・ウィークエンド』紙、二〇一九年五月十日付）。四十歳で一念発起、一年の休暇をとって執筆したのが『三つ編み』だった。

コロンバニが人生における優先順位を見直すきっかけになったのは、自分同様に若く、おさない子をもつ親友が乳癌を患ったこともあるかもしれない。というのも『三つ編み』はその親友と体験した出来事にインスピレーションを受けて書かれているからだ。

『三つ編み』には三人のヒロインが登場する。インドの若い母スミタは糞便回収を生業《なりわい》とする不可触民《ダリット》。イタリアのジュリア二十歳が働く家族経営の作業場は倒産寸前。そしてカナダの弁護士サラは四十歳のシングルマザーで、乳癌を宣告される。地理的にも社会的にもかけ離れた境遇にありながら、それぞれの試練を乗り越えようと懸命にもがく三人の人生が三つ編みのように交差して語られるうちに結びついていく。

フェミニズム小説ともいえる同作は折からの「#MeToo」ムーヴメントを背景にたちまちベストセラーとなり、文学賞を多数受賞、三十五言語への翻訳と著者の脚本監督による映画化も決定した。日本でも前向きな力づよさ、社会の周縁に追いやられた人々に対する著者の連帯意識、公正で誠実なスタンスが共感をもって迎えられ版を重ね、海外文芸としては初の「新井賞」（書店員、新井見枝香氏がひとりで選ぶ文学賞）も受賞した。

二作目となる本書『彼女たちの部屋』にも逆境におかれた女性たちが登場する。世界の三大陸を翔けめぐっていた『三つ編み』の俯瞰的視点はパリに着地し、かわって約百年のときを隔てたふたつの物語が展開する。

現代篇の主人公ソレーヌは四十歳。パリの有名法律事務所に所属する弁護士で、失恋の痛手も激務でまぎらすある日、クライアントの自殺をきっかけに鬱状態に陥る。「自分の人生はまるでモデルルーム、見ばえはしても本質が欠けている。空っぽだ」と、虚無感にとらわれる彼女に、医師は「ほかの人のために何か」してみることを勧める。子供のころから書くのが好きだった彼女の目にとまったのは代書人のボランティア公募だった。恵まれた環境で育ち、仕事でつき合うのも有力実業家や金融界の大物だった彼女が一八〇度方向転換、困窮し生活保護を受ける女性たちの住む施設に足を踏み入れる。

一九二〇年代篇の主人公は、若くして周囲の反対を押しきり救世軍闘士となったブランシュ。盟友の夫とともに貧窮者の救済に心血を注ぐ。路頭に迷う女性とその子供たちが身を寄せられる施設をつくるため、政府首脳も財界人も巻き込む大々的な募金キャンペーンを展開し、資金調達に奔走する。

小説の舞台となる「女性会館」は実在する。パリ北東十一区にそびえ建つ施設を、著者がたまたま通りかかって目にしたことが発端で本書は執筆された。この施設の創設に尽力した人物が一九二〇年代篇のヒロイン、ブランシュ・ペイロン（一八六七〜一九三三）である。

つまりこの小説にはフランスの都市生活者にとって、ごく身近でリアルな問題が描かれている。登場するのは元ホームレスや家庭内暴力の被害者、施設と里親家庭のたらい回しで育った元麻薬依存者、名前を変え女性として生きるトランスジェンダー、母の束縛から家出した若い女性。また、故国の因襲や戦禍を逃れてきた外国出身者の存在は、多くの難民を受け入れているフランスならではといえる。たとえば故国で女児におこなわれている性器切除（陰核の一部を切り取る）

から娘を守るため母娘で越境してきた者（危険なだけでなく個人の尊厳を踏みにじるこの因襲は、アフリカのいくつかの国や民族で存続している）、旧ユーゴスラヴィアやアフガニスタン出身者も登場する。彼女たちの体験が随所で、まるで映画のフラッシュバックのように再現される。

身近でリアルな問題、とはいえよく知られているわけではない。女性ホームレスのレイプ被害について作中ではこう書かれている。「フランス国民が食卓につく夜八時のニュースで取りあげるには、気が利かない。夕食を終え眠りに就こうというとき、自宅アパルトマンの下で起こっていることを、人は知りたくない、目をつぶったほうがいい」。ソレーヌの態度も当初は消極的だ。軽蔑や無関心とまではいかなくとも自分の問題で手一杯、他人の悲惨な境遇には及び腰、気になっても躊躇《ちゅうちょ》して行動を起こせないといった微妙な心理が描かれる。そもそも「セラピー」として会館にかよいだすも、居住者たちに意表を突かれ、揺さぶられるうちに変化が起こってくる。

生まれた環境をはじめとする本人の力ではどうにもならない不幸や悪循環、これに翻弄され傷つきながら、なお堂々と胸を張って生きていこうとする女性たちのなかで、ソレーヌは自分の居場所、自分が為すべきことを見出していく。森の大火事でちいさな嘴《くちばし》に水をくみ消火にあたるハチドリの羽根に自分をなぞらえて、ささやかでも自分にできることをしようと思うようになる。フランス語で羽根はペンの象徴だ。ボランティア団体「連帯の羽根《ペン》協会」の代表レオナールもまた、楽天的な性格の裏でつらい過去をもつ魅力的な脇役だ。

翻《ひるがえ》って一九二〇年代篇のヒロイン、ブランシュは、他者の苦しみを自分の苦しみとして感じ、外で寝ている者がいると知ったらベッドでぬくぬくと眠れない性分、大義のために突き進むつよい女性。だが、逆説的にも当時は男女平等の建前すらないことが、本書に描かれる周囲の反応や法制度の不平等からもうかがえる。また、彼女が大望を実現させた一九二〇年代は第一次大

い。戦後の経済発展期にあり、女性の社会的地位に変化がみられた時期であることも注記しておきたい。

ブランシュとソレーヌの接点は「女性会館」、そして『自分ひとりの部屋』（原題 ***A Room of One's Own*** 片山亜紀訳、平凡社）でもある。ソレーヌがこよなく愛する作家であり、ブランシュと同時代に生きたヴァージニア・ウルフ（一八八二〜一九四一）のこのエッセイは女性と貧困をテーマとする。イギリスで女性に参政権*や大学教育が認められたばかりのころ、女子学生向けにおこなわれた講演がもとになっているが、いまもなおわたしたちにもつよく訴えかける。

翻訳にあたっては早川書房の窪木竜也さんにお世話になりました。編集の月永理絵さん、校正の栗原由美さん、興味津々の解説を書いてくださった髙崎順子さんにも感謝申し上げます。ありがとうございました。皮肉にも世界的なウイルス禍で、路上生活者や家庭内暴力の被害者がかつてない窮地にある時期に本書を送り出すことになる。不安の多い現在、そしてこのあとの日本の読者に本書がたたえる光がわずかでも届くことを願いつつ。

二〇二〇年四月

＊イギリスの女性参政権獲得は一九二八年（一九一八年に部分的——男性二十一歳以上に対し女性は三十歳以上——に参政権が認められた）、フランスは一九四四年（日本と同じ第二次大戦終結期）、ブランシュが育ったスイスは、すべての州で女性参政権が認められたのは一九七一年になってからである。女性参政権の獲得年代が早いほど現在の女性の地位が高いわけではない。

解説

「願い」が繋ぐ、知られざるパリの物語

ライター
髙崎順子

クリスマス間近のフランス、街角では「赤い鍋」がちらほら目に入る。にこやかな表情でその横に立つのは、軍帽をかぶった老若男女。道行く人々は笑顔を返しながら近寄り、鍋の中にユーロ札や小銭を託していく。鍋を募金箱に見立てて、生活困窮者が年を越すための寄付を集めているのだ。「社会鍋」と呼ばれるその鍋の上には、美しい書体で「アルメ・ド・サリュ Armée du Salut」と書かれている。日本語では「救世軍」。百三十一カ国で活動する人道支援NGOであると同時に、世界に百七十万人超の信者を持つプロテスタント系キリスト教団だ。チャリティ事業の盛んなフランスでも、「国境なき医師団」や「エマウス」などと並んで、知名度の高い慈善団体である。

フランス人作家レティシア・コロンバニは小説第二作となる『彼女たちの部屋』の舞台に、この救世軍がパリに構える困窮女性の保護施設「女性会館」を選んだ。モチーフは、女性がその性別ゆえに被ってしまうさまざまな苦難と、それらに打ち克《か》っていく勇敢な戦いぶり。フランス国内だけで百万部を超えるヒットとなったデビュー作『三つ編み』に連なるフェミニズム小説だ。男女平等の促進を「最重要課題の一つ」と掲げるエマニュエル・マクロン大統領下のフランスで、

社会機運の追い風を受けつつ、本作は二〇一九年春の刊行直後から多くの好評を得た。

主人公は二人の女性。四十歳の弁護士ソレーヌは現代を、五十八歳の人道活動家ブランシュ・ペイロンは二十世紀初頭を生きている。彼女たちと女性会館のそれぞれの関わりを、時系列を交差させながら描き出す構成だ。

百年の時を隔てた二人には、「人を助ける」という共通項がある。ソレーヌは行きがかり上、ブランシュは強力な信念を持って、巡りあう女性たちに手を差し伸べる。そこから広がる、背景も個性も年齢も異なる人々の、さまざまな人生譚《じんせいたん》。それを通してコロンバニが語るのは、苦しみを接点に出会った人々が信頼関係をきずく難しさ、それでも共に立とうとする覚悟の尊さと、温かさだ。痛いほど誠実で胸に迫る描写、かつ読みやすい文体は、読者を結末まで一気に連れていく。地元パリが舞台ということも作用したのだろう、コロンバニのストーリーテリングはインド・イタリア・カナダ三カ国で展開した前作『三つ編み』よりもさらに生き生きとパワフルで、解説を担った筆者も仕事を忘れて読み耽《ふけ》ってしまった。

もしあなたが本篇の前にこの解説を繰っていたら(知っている、筆者もあとがきや解説から読むのが好きだ)、どうかここで目を止めて本篇冒頭に戻り、先に物語に浸ってほしい。未知の世界を手探りで進むものだけが味わえる、極上の小説体験が本書には詰まっている。筆者もそれを堪能した一人で、かつ、この解説はその体験を共有した人々にお届けしたいと、身勝手にも切望しているのだ。

というわけで、未読の方はまた後ほど、改めて。本篇を読まれた方とは心で大きく握手をしつつ、この先を続けたい。

街並みに溶け込む保護住宅

過酷な状況に置かれた女性たちが、生きることを諦めず、大小さまざまの勝利を連ねていく『彼女たちの部屋』。読了後の感動と同じくらい筆者を満たしたのは、「無知の知」の感覚だった。フランスに住んで二十年、それでも知らなかったパリが、ここにある。熟知したつもりでいた街で、こんな場所が、こんな人々が、と。

恥を忍んで告白すれば、「知らなかった」は正確ではない。目の端に知覚しながら、受け止めきれずに流してきた現実もあった。メトロ構内に座り込むホームレスや、大きな荷物を引きずって歩く老婆。二〇二〇年二月にパリ市が実施した調査では、市内の路上生活者は三三五二人に上り、うち十二%を女性が占める。

物語が描くそれらに心を揺るがされつつ、興味をそそられたのは、舞台となった女性会館だった。筆者はそこを訪れたことがなく、日常の会話やメディアでも耳目に触れたことはない。パリ東部の会館所在地は賑《にぎ》わしい界隈《かいわい》だが、用事がなければ住民以外は素通りする下町でもある。その「知られざる」存在感は著者コロンバニにも同様で、会館を知ったきっかけは、ふと前を通りかかったことだそうだ。文中で主人公ソレーヌが初めて足を運ぶ場面は、そんなパリジャンと女性会館の距離を示している。

「予想していたよりはるかに大きい」「イメージされるのは〔中略〕、困窮女性のための施設ではない」と、ソレーヌは第一印象を率直に語る。石とレンガを組み合わせた全六階の建造物は保護施設として欧州最大級の規模を誇り、総合病院や大学施設を思わせるボリュームがある。淡い色合いの外観は瀟洒《しょうしゃ》ともいえる風情で、マロニエの立ち並ぶ街角に溶け込んでいる。向かいのカフエでは若いカップルが身を寄せ合って囁《ささや》きごとをしていたり、周囲は雑誌や映画で見るパリの風景そのものだ。ここに命からがら危険を逃れた女性たちが保護されているのだと、想像できる人は少ないだろう。そしてそのギャップは、会館に込められたメッセージでもある。苦しみ傷つき、社会的に排除されてきた人にこそ、このような場所が必要なのだ、と。広々と穏やかで、自然に街角に溶け込んでいる、さりげない住処が。

建物自体は一九一〇年、工場・低賃金労働者向けの住居として建造された。その後病院などに転用されたのち、ブランシュの計画で女性会館に生まれ変わったのが一九二五年。コロンバニは作中でさらに時間を遡り、この建物ができる前の来歴にも触れている。ここには、祈りを人生とする女性たちのための修道院があった。物語の中盤（第15章一三〇ページ）ではブランシュがその来歴に想いを馳《は》せ、インスピレーションを受けるくだりがとても印象的に描かれている。

光のなかで、無数の人生が響く場所

会館には現在三百ほどのワンルーム居室があり、その受け入れ枠は五種類に分かれている。まず単身女性を無条件・無期限で迎える部屋、同様の母子を受け入れる部屋があり、物語中ではアフリカ出身の「タタ」たちがこの部屋の対象だ。そして、自治体の援助を得て公団への入居を待つ人用の一時滞在住居や、十八歳から二十一歳の若年層に特化した部屋、また社会的な孤立などから通常の賃貸契約を結ぶことができない人々のための部屋もある。会館の個性豊かな居住者たちはこの小説の大きな魅力だが、その背景には、状況の異なる人々を積極的に迎える運営側の方針がある。国籍もさまざまで、居住者たちの話す言葉はなんと四十種類以上。本文中で「バベルの塔」と表現される多様性だ（出典：フランス救世軍公式サイト https://www.armeedusalut.fr/etablissements/pdf）。

そこで中枢的に機能しているのが、入り口奥に広がるロビーホール。救世軍ロゴをあしらったモザイクの床に、天窓から心地よい自然光がたっぷりと注ぐ。本篇でソレーヌが会館の女性たちと親交を深め、自分の居場所としたここは、著者コロンバニのお気に入りでもあるそうだ。

「会館の住人は自然とここに集まるんです。お茶を飲んだり、編み物をしたり、ただ誰かと話したり。子どもたちがローラースケートやキックボードで駆け抜けていく遊び場でもあります。光溢れるここが世界であり、人生なんです」（筆者によるコロンバニへのメールインタビュー）

コロンバニが会館を知ったのは、四年前。独特の雰囲気に魅了され、足繁く通ううちに、創作欲に駆り立てられた。

「館長と職員は私をオープンに迎えてくれ、居住者たちはそれぞれの境遇を打ち明けてくれました。同じものは二つとしてない無数の人生が、館内に響いている。とても濃密で、強い力を備えた場所。現代女性のおかれた状況を明らかにする小説は、ここから始めたいと考えたんです」（同）

その直感に読者の多くが共鳴したのだろう、本作の発売後、仏メディアには女性会館の関連記事がいくつも登場した。パリの片隅で一世紀以上、女性を救ってきた歴史的施設。そこに光を当てたことは、小説自体の魅力とともに高く評価されている。

時を超えて届く、願いの力

本作を通して、コロンバニが読者に与えた再発見はもう一つある。「ペイロン組」と愛称された、ブランシュ・ペイロン（一八六七年〜一九三三年）／アルバン・ペイロン（一八七〇年〜一九四四年）夫妻の功績だ。

冒頭で記したように、救世軍の名前や活動は、パリジャンには多かれ少なかれ親しみがある。しかしそれが誰によって、いかに為されてきたかを知る人は多くない。著者のコロンバニにも、ブランシュ・ペイロンの名と人生は未知のものだったそうだ。

「ブランシュの運命と信念は、桁違いです。二十世紀の初めという時代に、彼女は夫のアルバンとともに、社会から排除された女性たちに『屋根』を与えようとした。それを知って、この物語では、会館で歴史を紡いできた女性たちを繋ぎたいと思いました。創設者であるブランシュ・ペイロンから、今その場所を動かしている人々、そこで生きている女性たちへと」（同）

本作に書かれたエピソード群は、ソレーヌをめぐる現代の部分だけでも十分に読者の心を打つ。しかしそこに、史実に基づいたペイロン組の共闘が添えられることで、メッセージはより深く力強く、読者に届けられる。

ペイロン組が補強するそのメッセージとは、本作全体に通底音として流れる、「あなたを助けたい」という意志だ。ソレーヌが会館の女性たちとの邂逅《かいこう》で目覚め、育んでいくその意志と効能を、ペイロン組は先駆者として示して見せる。ブランシュの輝かしい不屈の闘志と、彼女を支えるアルバンの深い愛情が困難を打ち砕く過程は、骨太な歴史ドキュメンタリーに匹敵するものだ。彼らの信念は行間とページを飛び越え、百年後のソレーヌたちに守護天使のように寄り添う。そして現代の女性会館に息づく多様な人生は、ブランシュとアルバンの闘いへの、未来からのエールとなる。あなた方の挑戦は時を超えて、かくも大きな意義を持つのだと。並行する二つの時間軸がそうして響きあうさまは、この作品の醍醐味《だいごみ》だ。

本作中では女性会館に焦点が当てられているが、ペイロン組がパリで稼働した施設は、他にもある。南部十三区の「民衆会館」と「避難所都市」である。前者の定員は単身者百人強、後者は家族連れを中心に約三百人と女性会館より小さいが、どちらもブランシュとアルバンが、あの信念と演説の力で寄付金を集め作り上げた困窮者のための保護住宅だ。改装と改良を重ねつつ、今も現役で機能している。

フランスに救世軍の地位を確立し、社会福祉に寄与した二人には、国家からレジオン・ドヌール勲章が授与されている。アルバンの授与式は一九二七年、女性会館内のホールで行われた。静かな笑顔のアルバンとはにかんで佇むブランシュの姿は白黒の記念写真に収められ、二十世紀の貴重な記録として、フランス国立図書館に所蔵されている。

百年前に、男女平等を達成していた人々

女性登場人物が躍動し、ポジティブに清々しく読者をエンパワメントするコロンバニの作品は、フェミニズム小説と称される。と同時にコロンバニは、男性キャラクターの造形も巧みだ。当作でもこの点は健在で、ソレーヌの良き理解者になるレオナールや会館のダンス講師ファビオなど、男性たちが物語のアクセントとなっている。最も印象的なのは言わずもがなペイロン組のアルバンだが、驚くべきは彼が実在の、しかも現代よりもずっと男尊女卑の激しかった、百年前の人物ということだ。

ペイロン組は三男三女計六人の子をもうけたが、育児は二人で分担した。子どもたちが乳幼児

の頃から、ブランシュはその世話をアルバンに託し、救世軍の活動で国内外を飛び回っていたという。子どもたちにも男女平等の教育を施し、父母の遺志を継いでのちにフランス救世軍の最高位を担ったのは、長女のイレーヌだった。

しかし彼らが子を持ち育てた十九世紀末〜二十世紀初頭のフランスは、いまだ家父長制度が強固に張り巡らされていた社会だ。女性は当時のナポレオン民法典で「法的不能者」とされ、選挙権どころか、父親や夫の同意なしでは就業も経済活動も認められていなかった。作中にも、この社会的な男女不平等に関する描写がある（「女性は銀行口座の名義人になれず、取り引きはアルバンが一手におこなう」一五六ページ）。そんな状況でも家庭内で対等であろうとしたペイロン組のようなカップルは、異例中の異例だったのだ。そして彼らが当時の社会通念に阻害されず主義を貫くことができたのは、生涯を捧《ささ》げて勤めた先が救世軍であったから、にほかならない。

救世軍は一八六〇年代にイギリス・ロンドンで興ったプロテスタント系キリスト教団で、当時の宗教団体としては珍しい三つの特性を持っていた。一つは誕生のきっかけが教義の分裂や派生ではなく、「効果的に人道支援のできる組織を作る」ためだったこと。その伝統から現代でも、救世軍は世界各国で、社会福祉法人と宗教法人の二本柱で成立している。二つ目は活動に規律と効率を重視し、軍隊風の組織構成を採用したこと。教団トップは「大将」、聖職者は「士官」、信者は「兵士」と呼ばれ、その称号は新聞などの大手メディアも公認だ。そして三つ目の特徴は、結成当初から一貫している完全男女平等理念である。

初代大将ウィリアム・ブースは妻カサリンと二人三脚で、救世軍の基盤から構築した。ウィリアムはカリスマ的なリーダーシップと行動力に恵まれていたが、聖書研究や演説により秀でていたのはカサリンの方だったそうだ。夫はそれを誰よりも理解し、妻を対等の相棒として前面に出し、のちに世界規模に育つミッションを作り上げる。当時のキリスト教界には女性による宣教やミサに反対する人が多かったが、カサリンは圧倒的な経典知識とディベート力で、それらの圧力に正面から挑んでいった。その明晰《めいせき》な論考は救世軍発行の書籍『女性の宣教』にまとめられ、キリスト教におけるフェミニズム論としても、興味深い。

救世軍が生まれ、急成長した十九世紀末は、欧州各地で女性参政権運動が隆盛を迎えた頃。抑圧的な父権社会の中、女性の権利を求める声に触発され、先進的な救世軍の理念に惹《ひ》かれる若者たちは後を絶たなかった。ペイロン組も同様に、ブランシュは十六歳、アルバンは十四歳で志願している。当時のフランス社会では珍しかった彼らの夫婦関係は、多感な思春期から、救世軍の理念に養われた性別観の成果なのだ。

そんな救世軍そしてペイロン組と、男女が協働するフェミニズム小説の書き手コロンバニが出会ったのは、まさに天の配剤といえる。名作の背景には往往にして不思議な巡り合わせがあるが、コロンバニが女性会館の前を通りかかった偶然も、運命が仕掛けた必然の魔法だったのかもしれない。

物語の問いかけるもの

本作『彼女たちの部屋』には、在住の長い筆者も知らないパリが描かれていると先に述べた。この物語に触れた前と後では、眼に映るパリのニュアンスが変わっているように感じる。赤い鍋を掲げる救世軍の士官たちはいまやブランシュとアルバンの末裔《まつえい》で、駅や商店の前で時を過ごすホームレスにはラ・ルネやリリーの人生を重ねる。アフリカ産のワックス布に身を包み、賑々《にぎにぎ》しく話しながら市場を巡るのはビンタとタタの一行だ。そしてこれまで景観の一部でしかなかった女性会館は、救いと希望がいっぱいに詰まった輝かしい宮殿に見えてくる。素通りしてきた一つ一つがより近しく胸に迫り、そのたびに、ソレーヌとブランシュの言葉を思い起こさせるにちがいない。それだけ強烈なリアリティをもって、読む人の視点を深め、世界の見え方を変えていく作品だ。

そしてそれは、パリから遠い日本の読者にとっても同じではないかと、筆者は思う。貧困や男尊女卑、家庭内暴力、児童虐待。本作で書かれた女性たちの悲惨は、世界のあらゆる街角に存在し、日本とて例外ではない。

二〇一九年、配偶者からの暴力相談数は十一万件を超え、児童相談所への虐待通告数は八万件に及んだ。日本のひとり親世帯の半数は貧困層に属し、その大多数はシングルマザーだ。『彼女たちの部屋』の登場人物たちは、別の姿で別の言葉を話し、日本にも確かに存在しているのだ。そしてブランシュやソレーヌのように、「彼女たち」を救いたいと手を差し伸べる人々も。民間団体が運営する女性保護シェルターは、行政が把握しているだけで、日本全国に百二十二ヵ所ある（以上、内閣府発表データ）。

それらの施設では日夜、「他者に寄り添い、助ける」という、デリケートな挑戦が続けられている。人道支援のプロフェッショナルや熟練のボランティアが、心を決めて向き合ってもなお、難しいものだ。それはこの作品中で、特に丹念に描かれている現実でもある。「誰を助けられると思っていたのか？」とソレーヌは嘆き、鉄の意志とキャリアを持つブランシュですら、「自分の行為はばかみたいにちっぽけ」と虚《むな》しさを噛みしめ座り込む。

それでも前を向こうとする勇敢な人々とともに、私は、社会は、何ができるだろう。ただ賞賛して眺めるだけではなく、同じ時代を生きるものとして、為しうることがあるはずなのだ。「せめて、自分にできることはする」。そう言い聞かせながら会館へ通い続けた、ソレーヌのように。私に、「できること」とは、なんだろう。
再読するたび、『彼女たちの部屋』はそう、問いかけてくる。人が人を助けることの尊さと希望を、かように眩しく力強く伝えながら。

二〇二〇年四月

訳者略歴　翻訳家　一橋大学大学院言語社会研究科博士課程中退　訳書『三つ編み』レティシア・コロンバニ，『マドモアゼルSの恋文』ジャン＝イヴ・ベルトー編，『アラブの春は終わらない』タハール・ベン＝ジェルーン，『蜜の証拠』サルワ・アル・ネイミ

彼女《かのじょ》たちの部屋《へや》

2020年6月20日　初版印刷
2020年6月25日　初版発行

著者　レティシア・コロンバニ
訳者　齋藤可津子《さいとうかつこ》
発行者　早川　浩
発行所　株式会社早川書房
東京都千代田区神田多町2－2
電話　03－3252－3111
振替　00160－3－47799
https://www.hayakawa-online.co.jp

印刷所　中央精版印刷株式会社
製本所　中央精版印刷株式会社

Printed and bound in Japan

ISBN978-4-15-209938-9 C0097

乱丁・落丁本は小社制作部宛お送り下さい。
送料小社負担にてお取りかえいたします。